闲 情 与 遐 思

王语行◎著

群言出版社
QUNYAN PRESS
·北京·

图书在版编目(CIP)数据

闲情与遐思/王语行著. -- 北京:群言出版社,
2017.1

ISBN 978 - 7 - 80256 - 892 - 1

Ⅰ. ①闲… Ⅱ. ①王… Ⅲ. ①散文集 - 中国 - 当代
Ⅳ. ①I267

中国版本图书馆 CIP 数据核字(2017)第 011467 号

责任编辑: 潘　昊
封面设计: 刘淑媛

出版发行: 群言出版社
地　　址: 北京市东城区东厂胡同北巷 1 号(100006)
网　　址: www. qypublish. com
自营网店: http://qycbs. shop. kongfz. com(孔夫子旧书网)
　　　　　http://www. qypublish. com(群言出版社官网)
电子信箱: qunyancbs@ 126. com
联系电话: 010 - 65267783　65263836
经　　销: 全国新华书店

印　　刷: 三河市天润建兴印务有限公司
版　　次: 2017 年 5 月第 1 版　2017 年 5 月第 1 次印刷
开　　本: 710mm × 1000mm　1/16
印　　张: 8. 25
字　　数: 118 千字
书　　号: ISBN 978 - 7 - 80256 - 892 - 1
定　　价: 33. 00 元

目　录

忘川之书
（代序）

十四年前的初秋，第一次到重庆，从拥挤而摇晃的公交车里，抬眼望出去，才知车在江边行，崖岸之下江水流，嘉陵江可真瘦弱，正与我彼时尚在青春期的身体相若。枯旱季节，江水消退，露出江心的嶙嶙巨石，突兀而伟岸。

从遥远的北方来，贫乏无知的少年，心灵偏又敏感，敏感于美、暧昧和未知的风景。漫无边际地，游荡于歌乐山平缓的坡地。四月，半山一株桃树开花，开在小饭馆外向阳的平坝上，望之如霞，与二三友人饮酒、漫话，漂泊的生涯尚未展开……成群结队的女孩走下山来，谈笑着，青春的气息流连不去，那气息与草木、雨露相近，贞婉而又清幽，令人思无邪，当下只有肃然。

入夏，江水浩荡，江面笼着雾气，对岸破旧的厂房颓然耸立。远处，过江大桥永是车水马龙，上有行人立在栏杆前看风景。又有什么风景呢？雨水霏霏，如欲沾衣，江草高过人膝，莽莽苍苍，荒旷得如同鸿蒙之初，悠远得不可思议，连闲情都不可以有。

江心的巨石，一直压在心底，有千钧之重。人间本来无事，心却蠢然而动，生出森罗的万相，遂有不可承受之重。

有半年的时间，住在歌乐山下一栋幽静的房子里，密林环绕，暗雨萦天，黑黝黝的树枝上不时有残存的雨滴落下，偶入脖颈，凉意袭人，身体却因之愈加暖热。诗性的超脱化解不了肉体的狂躁，青春的朝气俯首于颓靡的情欲。干干净净的身子，怎会陷入无休止的欲望？青春时节的男女相，又有几人可看破？只是对自己的无明罢了。冬夜梦回，枕衾萧索，百转千回的系念，终究归于寂然，“明月直入，无心可猜”。

多年过去，偶过那栋房子，怀着重逢一段岁月的心情，却已无所思，无所忆，也无慨叹。日落木静，黄叶满地，透过窗棂，隐约可见旧日陈设，一张床、一张桌子、两把椅子而已。仍旧那样素朴和简陋，一如那时，空无余物，乃是青春的本色。那次，到山上远足，带着廉价的相机，清秀的山水间，费心摆了那么多的造型，回来发现一片空白。根本无法成像。

青春却可在心底自然成像。在这里，没有得失可言，只是全然呈现。

一个雨后的傍晚，翠岚欲滴，紫云摩荡，凉风自歌乐山吹来，鼓荡衣襟，我们似乎生出轻翼，飘飘然，若仙人在云间，相顾而笑，无可言语。似在一刹那，我们触到了某种绝对，在前途渺茫的时刻，在白雨如注的窗口，在火车疾驰的梦境。此刻，天地安静，你的心也是安静的。高大的黄桷树伸出弯曲而缠绕的枝杈，黑夜即将到来，或许伴着另一场新雨。

当回到北方，歌乐山的细雨深云恍然如梦。麦浪何如松涛？政治何如情思？在五道口，站在十楼，眺望西山，落日的辉耀下，它那么雄伟而确定，以坚实的存在让人相信，它是一座真实的山峰。

歌乐山不是真实的。它只在青春的梦里，只在女孩们轻盈的款步里。当你再去寻找，它已烟光无际，惟余幽云冷露，空空如也。至是，我失去了草木之心，却要与草木同朽。

生命也是不真实的。进退、浮沉、反复，熟练了人世所有的动作，却忘记了为何要玩这出游戏。孔子站在逝川之上，感慨哪里有永恒，你所见的，不过是浮沤、泡沫，但又能如何——接受这无奈吧！

然而，忘川之水，可以饮下，忘记过往的一切，不要让它缠缚人心，不要让它落入长劫，不要让它“长命无绝衰”。秀发不足惜、皓色不足惜、深情不足惜、欢爱不足惜。当忘川的水沾唇，你可心生欢喜，保持了最初的鲜洁？

至是，我才知道，江心的巨石，虽屹立千年，但当江水涌起浪花，它无法阻挡，水流欢然而去，且淹没了它。水啊，水啊，无所住……

六月之末，晨风掠过树梢，带来初夏的时光，清新而单纯，没有一丝一毫的茫然，好像夏天还很远，好像我们还能在一起。临行回首，你晾在门廊下的衣服，在风中摇摆，心中忽然有了尘世的笃定，但我又如何对你说……

二〇一六年五月二十三日

人间私语

燕子的翩然，即是人世的轻。

人生真短，在一个清晨你老去，窗口的花枝还新鲜。

黄桷兰的香，暗暗接近你的心。这茫然的柔情，不觉沁入你的心……

思绪向我飞来，全不在意它的方向，纷纷的过客，永不停留，于是一念又一念。

名山事业又如何，只有一点一滴的生活是真的……细味这世间的光影，这么美……

他说了一整晚，她安静地听着。不知何时，池中的荷花全开了。

大雪的夜，酒杯映一片虚白，他发誓此生绝不写一句伤感的诗。

还挂念什么呢？本来无一物，当年亦不过一袭长衫、一双布鞋、一把油纸伞。

此世，此间，从未有过的深情。梦中，梦醒，一直都在的陪伴。千万里路，相随如初，幸运脚步还轻盈。就如那时，知道哪片云里有雨，就如那时，杨柳不惹尘埃，春水般的心哪……

那时，在歌乐山，你讶异于山岚的变幻，雨后的风吹来，如同恋人的吻。你的收音机伸长天线，却触到了地心的宁静。耳朵与单词合一，连流云也消失了。多少次，你想留住这一瞬，却又告诉自己：不必记起，也不用忘记，一切都还在那儿……

常想到一路梨花，漫山遍野，飞驰的车上，看青黛色的山水，此时故乡最近。漂泊磨炼心性，一直磨炼到习惯漂泊。何不在故乡寻些小事情过活：就在某个熟悉的小学，做一个教书先生，娶一个高中毕业温柔朴素的妻子，养一双儿女，每晚喝喝酒，打打麻将，看看电视，再高雅一点，斜靠沙发看一本《读者》。这样的生活，不是很好吗？醇酒妇人的生活太颓废，朴素的生活又不乐意，在一个大大的世界，小心地周旋，始终不知自己想要什么。时间划过脸庞，留下皱纹，如今四海为家日，故垒萧萧芦荻秋。写不尽的心情如拧不上的水龙头，一滴一滴坠落，寂静的夜里，时时惊心。风过云转，大小人物都成烟，赤手空拳，站在年华凋残的地方，心中凄凉——此生真不如做母亲身边的一只黑狗，日夜蜷伏在她膝下。天涯荡子心，行行重行行，故园一为别，孤蓬万里征。

少而入川，渐渐习惯了秀润的空气，多雨的夜晚，温煦的气候。清冷的北方呢？冰冷的河面泛着青色的寒光，光秃的杨树枝杈刺向天空，你带着一身的寒意从门外进来。从不觉得冷，青春的志气吗？心思纯净，你就美，就有力量。少年的坚毅，也是北方的坚毅。多少次冬日的夜读，窗外是呼啸的风，你却静静地安坐，等待另一个世界向你展开……

人们看到鹰在晚上飞到最高点，它会降落在月亮上。那时，很多人将熟睡。宿命和天启指引着你的路途，在无数的岔口，如铁路的扳道工及时扳动道岔，呼啸而来的列车恰好驶到设定的轨道，命运也如此把你放在未知的路途上。四月的桃花花团锦簇，风吹处，花落如雨，那时你在高楼上目睹四散的花瓣，朝阳下闪耀的露水，才知道时光这么短、这么急。人情冷暖尽皆看遍，却试着与人生和解。就像春天打开花瓣，你的生命也将次第打开，幽暗的岁月终将过去，“你将看到我起飞”。

五月，不及躲避暴雨的傍晚，和心爱的人避于高大的墓碑廊下，在那里拥抱亲吻。眼前的雨水漫溢台阶，烟雾迷蒙，爱欲生死相隔不远。七月，雨如瓢泼，刺目的白茫茫，眼前青山荒寂得如天地之始，你稳坐在房内一天。夜晚，风从山中吹来，夜来香浓烈如潮水袭岸，隔窗看情人梳洗已毕，蹑足掩门，长夜在外，楼顶的黑猫叫声凄厉，在梦中反复听见。

红绿灯交换的时刻，人群四散，陌生的面孔闪现，在此处卖唱的艺人，歌声穿过嘈杂的车辆声，故乡忽然很近，漂泊忽然很远。很多地方都在改变，你不能回去。你行走各处，见识了世界的充盈与空虚，已经没有什么可以长久地吸引你。麦穗颗粒饱满，等待收割，颗粒归仓，不留一颗在大地上。我们也将被收割，不留一颗在大地上。

读旧时文稿，感觉光阴很薄，薄到一弹即破，陌生的惶恐，亲切的羞怯，时空在心内翻江倒海，心想这个人怎么就是我？不觉竟有了一丝偷窥的快感，这是重返的旅程，展开在新鲜的发现里。花蕊破尽，才得这一点没有眉目的心事，做过的事想想也大多没出息。

忧患中，看到别样的风景。悲伤的情绪如同深秋的白霜，展露在大地上，铸炼着心灵的厚度。峰回路转的窃喜，这是天的慈悲与人的狡黠，人世的不可预测是最有魅力的，平铺直叙地走完一生，其实并未行走在这世间。潜伏的岁月，人生的暗河，反复无常的命运，这是人应该深可敬畏的。

什么时候诗才可以写得像你的超短裙那样短，短得让人一眼就记住，短得让人看完还在回味。在某一个夏天，在一段废弃的铁轨旁，夕阳大得可以逼近我们，如此的场景丰满了我对你瘦弱的记忆，超短裙无法在风中飞扬起来，飞扬起来的是忧伤的情欲，婉转的眼波，沉醉的笑意。

尼采说："这就是我现在要走的路——你们的路在哪里呢？"至今仍未踏上自己的道路。百转千回之间，多少美好时光空空而度。懈怠、迟钝、麻木、无知、贪欲，如万虫齐噬，人生千疮百孔，生命虚弱无力。人是那么容易失陷和动摇。

重庆的夏天，艳阳高照，江流从上游汹涌而来，浩浩荡荡地过去了。站在崖坡上，浑黄的水面直逼眼前，洋洋恣虐。走过长长的沿江路，浓荫蔽日，光与影相逐。空旷的地方，有人在做被子，棉絮摊满一地，午后的一切，像放在桌子上的玻璃杯。我静待生命流逝，哗啦哗啦流过去了。风来了，轻轻掀起你的裙子，色境成空，一朝雨露，光阴滋养着你的色身，莫让容颜开败。就像一枝花，如梦相对，开得慢一些，找对了花枝再开，踏正了时辰再开。

日子从没有现在这样静。读完一本书，写十七世纪文人的生活，国破家亡了还要过日子。他和爱妾荡舟水中，暮色沁到湖中，于是停舟，吹笛，柔声交谈，直到远处的灯火照亮了彼此的脸。这样的日子，一生还有几回，谁在数算我们的日子？推开窗，日影移动，墙边长一丛竹子，翠色欲流，朴质得没有内容，如初恋般素净。我喜欢这种素净。

这世间，何人不是过客？入夜，站在楼顶看远处的万家灯火，如群星遍布山间，这时，可以撇开一切，与静谧的时光握手言和。白天，混迹于市井菜场，与小商小贩斤斤计较，看到青菜萝卜鲜虾活鱼陈于摊位，看到新蒸出的馒头饱满如女人的乳房，这时，仔细打量琐屑的尘世生活，觉得这人生还是值得一过。于是，下定决心做一份人家，沉潜到世俗生活的深处，“人世还有其他好事要做，我们的生活才刚刚开始”。

你的心越空，就越听不到这世界的声音。空即是轻，轻过人闲花落的寂寞，轻过鸟羽翩然回转的悄寂。一小星点的通幽，唤起了一片悠远，这时，时针被逐出钟面，雨水被逐出天空，空白感产生了，就像消逝的秋天那么久远（四季中唯有秋天那么寂寥）。我加倍珍惜心灵的空虚（或空白）。这是一种芬芳的心境，它最慢、最遥远、最不可测度，无始无终，无边无涯。

忧患当前，此身何亲？我们已是没有选择，唯有将每天的日子稳稳过去，米粟饭食之间才见尘世生活的真义。平静地迎接将要发生的事情，就像杨柳承受微风。刀锋般的生活，雕刻出坚韧的心性，我们不是最不幸的，最不幸的已经缄默不言。爱你身边的人，在暗淡无光的日子里，爱是抵御一切的武器。我们别无长物，也无处可逃，只能反求诸己，靠彼此的力量相互扶携，用卑微的希望支撑对未来的信念。朴素的情感和平凡的生活最感人，母亲的白发、父亲的佝偻、爱人的微笑……“在一条永远漠然的河流中，生从我们流过去，死从我们身边流过去，血汗和眼泪从我们流过去，真理和谎言从我们流过去。”我们其实一直在这儿，我们就保持微笑的面容，因为幽暗的甬道就要打开，结冰的河流就要融化。

昔人每到一处，想要赋诗，却感慨全无，只是独对着美好的风景，无言以对。而我，即使旧地重游，也没有任何情绪，就像一直都在，无须特别感怀一般。这是一种不凝滞于物的洒脱，还是中年人的寡情无味？“觉今是而昨非”，我真的是一个连续的“我”吗？实在不敢确定。此世色身所历，无非一些习气，随因缘而变，因外境而迁：有多少壮怀激烈，就有多少清寂索然；有多少情欲的煎熬，就有多少虚无的试探……人生如梦、如戏，听来已烂俗，殊不知却是真理。我们酣眠得太久，一直不愿醒来；我们要试尽人间所有的角色，才能心满意足地谢幕。漫长的梦境，重复的生涯，我们和真正的自己失之交臂，悲欢无尽，生死无期，这一切果真是生命的本来面目吗？当我发现，昨日之我和今日之我，是完全不同的两个人，我该怎么认定，“我”是哪一个？每一念皆有生灭，无数的我死去了，无数的我诞生了，“日日新”，一切变动不居，不用再珍视记忆——那是别人的故事。

清夜无聊，随手翻《菜根谭》，卷尾最末一句，久久玩味：“世态有炎凉，而我无嗔喜；世味有浓淡，而我无欣厌。一毫不落世情窠臼，便是一在世出世法也。”以前看时，全无感觉，现在看到才知切身，如晤多年老友，一念息心，清凉无比。嗔喜由何而起，欣厌为何而生？只因有情，随境而化，随境而转，悲欢无尽，爱恨无期。弘一大师坐化前，感于尘劳了结，归于大化，手书“悲欣交集”，落下清泪，人多以为法师尚有眷恋尘世的余情，哪知他是对无明众生的悲悯呢？他已进入光明之境，身后的世界却陷在泥淖，以此悲也。“一毫不落世情窠臼，便是一在世出世法也。”这是枯槁寂然的人生吗？犹如鸿过雪地，不留印痕，犹如风吹水面，不起涟漪，犹如人来到这世上，穿着白袜子走过，谁也不知道他来过。“听静夜之钟声，唤醒梦中之梦；观澄潭之月影，窥见身外之身”，就像一株桃花，静思凝神，如梦相对，究竟是你的真身，还是你的幻身？

二月里，白花开

“我常看看那远山。看远山时，松林郁郁。”这句话是以前未写完的断章。四年后看到，想起了歌乐山，雾气弥漫，混沌初开。

我住歌乐山下四年，却很少爬山，有时从八楼眺望远山余脉和空旷的田野，心往下沉，就像读到张枣的诗：“二月里开白花，你逃也逃不脱，你在哪儿休息哪儿就被我守望着。你若告诉我你的双臂怎样垂落，我就会告诉你你将怎样再一次招手；你若告诉我你看见什么东西正在消逝，我就会告诉你你是哪一个。”

有一种时光空虚而华丽，它去尽了世间的桎梏和人生的浮华，飘飘于云层之上，自甘敛翼，傲然自赏，欣欣然，无所不为，一无所为。无根的焦虑，肉欲的煎熬，无可安置的青春，一一纾解，释放，纤尘无住，夫复何求？

一次大雨，敲窗甚急，我稳坐在房中，一个安静的下午就这样过去了。晚上，走在路上，夜风吹衣，鼓荡着我，顷刻之间，有一种朝气，有一种喜悦，更有一种解脱。蝉蜕之后，轻翼欢歌，在疏影和阳光里长鸣一夏。

“危险的事固然美丽，不如看她骑马归来，面颊温暖，羞惭。”写这句诗的张枣也在歌乐山下住过，诗行轻盈，充满歌乐山的雾气。四年过去了，我的房间更高，在十五层楼，可以清楚地看到歌乐山，看到往日的岁月。消逝就像秋天的树叶，一刻也不肯停息地凋零。

梦蝶的真义

昔者庄周梦为蝴蝶，栩栩然蝴蝶也，自喻适志与！不知周也。俄然觉，则蘧蘧然周也。不知周之梦为蝴蝶与，蝴蝶之梦为周与？

——《庄子·齐物论》

是庄周变成蝴蝶，还是蝴蝶变成了庄周？这是最高明的哲学家才会想的问题，他怀疑存在的真实感，究诘如何才能分清真实和虚幻？

迎面的雨滴、浅开的樱花，我看到；柔软的嘴唇、长眠在可依赖的臂弯，我轻触；小孩的欢笑，慈母的爱意，此世静好，笃定，历历可感，若仍有疑虑之心，岂非多余？

当我入梦，深沉，如死去一般，长长的、幽深的梦境里，甜蜜、惊恐、失意、伤感，诸般纠缠、诸般欲念，爱与恨、笑与泪，丝毫不逊清醒之时。

梦中，我执以为真，否则，何起欢欣痛楚的种种挂碍？若知做梦，种种惶惑定不会有。

醒时，我亦执以为真，当你说“人生如梦”，我只当成一个陈腐的比喻。

人醒来，方知，做梦了。

人死去，方知，亦是一梦。

“时而窘迫，时而慰藉，终归梦中的游戏”……若能领悟：人生乃一梦，乃一游戏，种种的尘劳、颠倒梦想是否会少一些，或根本不会萦绕心间？庄周知晓此中真义，却托言梦蝶，郑重写下来，提醒仍在沉睡的人们。

凉风起天末

大江流天地，日夜不息，我一直走到江边，身后秋草漶漫，野蛮生长着。江岸高处，青砖楼房耸立，阳台上晾晒着夏天的衣服。

这条江消瘦，和我的青春期一样。删掉若有若无的字句，还有隐约的水汽留在诗行里。潮湿的天气，干燥的吻，以及忧伤的情欲，一起在这个阴天的午后苏醒。

江水涨上来，淹没岸边的岩石，水面平静，没有任何不安的痕迹。狼狈和尴尬相随的日子，我坐在江边，江水拍打船身，咣咣当当，像在击打我的心。一直坐到黑暗将对岸的山岭笼罩，大江隔断人语。朝江心投一颗石子，心情跟石子一起沉潜，没有任何力气地沉潜。

命运掷骰子，我在旁边看。我今天终于和你同行，并肩行走，相信随遇而安，相信顺其自然。我已安于世俗的生活，上街、买菜，在空旷的楼顶静观夕阳一点一滴隐到山后。

凉风起天末，君子意如何？——我今天要过一种散淡的生活，摒弃所有的雄心大志，忘掉所有的野心抱负。读书，写作，散步，长跑，登山，站在人群里耐心等待路边的红灯变绿。这些将是温暖的时刻，我知道内心想要什么，我追随这种直觉，脚步轻盈而坚定。

一帧青春的文艺风景

从侧面进入的世界，细节丰富，如刺点，一见难忘。纵然阅尽那所谓的“正大仙容”，又有什么趣味？看书何尝不是如此，什么主题一点都不重要，每每着意的倒是逸出的闲笔，多年后依旧清晰，故事消失了，絮语还在，气息还在，仿佛破碎的琴声，袅袅漂在暮光的水面。

我总是离题万里。一个初春的上午，我从大学图书馆出来，看见一个女生抱着一摞书，阳光下赫然闪耀着“陈寅恪”这个名字。彼时对陈先生之名，已有耳闻，他傲然不屈的学人风骨，“独立之精神，自由之思想”的名言已成为时代的传奇。可是，眼前女生的羸弱和清秀，又让我怎样对待陈先生高深的学问和悲怆的身世？我们攀谈着，青春的脸庞充满相知的喜悦。历史并不全是尘埃，有时也出人意料地散发出奇异的芬芳，《柳如是别传》多么优雅的名字，躺在她的玉臂上是何等的适宜！现在，陈寅恪先生的书精装结集，整整一箱，放在客厅显眼的地方，我却从未升起过一如往日的情怀，那时她的长发覆于书上，微微侧着脸，对我说“这本书很好”，柔声细语里带着一丝腼腆。她来自一个遥远的渔村，那里有一座普陀寺，香火旺盛，供着慈悲的观世音菩萨，护持着在狂风大浪里生死难测的人们。每当寺里的钟声响起，她恍然有迷途之思，在当窗梳洗的清晨的明净里，有一种内心的寂静，回应着钟声的清静无染，此刻，她还不知那青灯古卷的生涯正加快到来，最终拥抱了她。

“劝君莫谈陈寅恪”。当陈寅恪的学问成为很多人的饭碗，会多少种外语，通多少种典籍，忧思如何默运，情致如何高格……我的陈寅恪依然还是她手中抱着的一摞书，那流瀑般倾泻的长发，以及我们的初次对视，温柔得像那无边的夜色。

生死之感

昔年，两人携手经过一株桃树，谈笑着，她从伞下伸出手，轻触雨水打湿的花苞，戏问它何时绽开。桃花开时，他低头，寂然走过，风来了，落花拂一身，原来，生与死只隔一个花期。多年后，江南的春也老了，忽忆往日之欢，犹如花忆前身，“她若以某种方式回来，我应对她说些什么呢”。终究不能呀，他慨叹，伤怀，“你总在我不在的地方”，现在我们更远了：“君埋泉下泥销骨，我寄人间雪满头。”

生与死也可以没有阻隔，就如胡兰成站在亡妻墓前：“我见坟做得很好。我在坟前施了一礼，站住了看看想想，可是一点感慨亦没有。我走近去，用手抚摸墓门石，叫声玉凤。我叫的是平常的声音，没有回答，我亦不觉得人间有长恨，好像此刻也没有阻隔，生前也没有更相亲。”还说什么呢，浮花浪蕊都尽，什么佳话，什么艳遇，不过随便说说，唯在此刻，这个负心人动了真情，只是他不承认自己掉了眼泪。

一个寒秋的夜晚，流亡异国的蒲宁恍觉，人生只是一场多余的梦，此身虽在堪惊。从苍茫的俄罗斯到颓靡的巴黎，他最想念的是母亲，一生伤感、郁郁寡欢的母亲，她总担心一切都会逝去，永不复返，总害怕人间有离别，失去她的孩子们……年逾六旬的蒲宁，情不自禁地怅望着故乡的旷野，千里之外，母亲在那儿：“如今在遥远的故乡只留下母亲她孤零零一个人，整个世界永远也不会顾及她了，难道长眠在故乡某地，长眠在败坏了的俄罗斯县城公墓的树丛下边，长眠在荒坟里那个没有眼珠的骷髅、那堆枯骨果真是她吗？果真是当年曾把我抱在手里颠晃的她吗？”死亡多么无情，多么不真实，唯愿花瓣重回枝头，唯愿我再次投入母亲的怀抱！

沈从文的孤独

一九四九年三月，自感“落伍”的沈从文用保险片自杀未遂。后来，他想写一些趋时的文字亦不可得，他写的赞美十三陵水库的报道散文，费了很大劲，却赶不上工地通讯员的水平。想迎合时代，却迎合不上。于是他去了历史博物馆，当起了讲解员，拿一根讲解棍，非常认真。生命就这样安顿下来，但内心的孤独无论如何排解不掉，在一封未发出的信中，他写道：

我在这里每天上班下班，从早七时到下午六时共十一个小时。从公务员而言，只是个越来越平庸的公务员，别的事通说不上。生活可怕的平板，不足念。

每天虽和一些人同在一起，其实许多同事就不相熟。自以为熟悉我的，必然是极不理解我的。一听到大家说笑声，我似乎和梦里一样。生活浮在这类不相干的笑语中，越说越远。

关门时，独自站在午门城头上，看看暮色四合的北京城风景……明白我生命实完全的单独……因为明白生命的隔绝，理解之无可望……

朋友们、学生们都在进步，欣欣向荣，沈从文却枯萎下去，跟不上时代的脚步，只好努力做一个小职员：没有固定桌位，不要紧的；没有书和资料，不要紧的。他说：“个人吃些亏或生活寂寞些，都无妨。”天不亮就去上班，在北新桥买个烤红薯暖手，坐电车到天安门时，博物馆的门还未开，只好坐下来看天空星月，开了门再进去。晚上回家，有时大雨，就披个破麻袋。新的工作很有意义，“远比过去我写点那种不三不四的小说对国家和人民有用”。沈从文面对的是卡夫卡式的境遇，面对世界，他是清醒的梦中人，面对人群，他是笨拙的疏离者。孤独，无法呼吸的孤独。他研究服饰史、绸缎史、家具发展史、前期山水画史、陶瓷加工艺术史、扇子和灯的应用史、金石加工艺术史、三千年来马的应用和装备进展史、乐舞杂技发展史……出版无期，亦无人接手继续做，“一切交付于天”。沈从文以前的很多小说，主题不都是“美的徒劳”吗？从大处说，写小说、做考古，或是临终前长时间木然地看电视，都是人生的徒劳。承认人生是徒劳的，无意义的，沈从文才可以待在博物馆二十五年，在他看来，写小说和侍弄文物，皆是消磨时光方式之一种，后者更令他感激——因为这帮他打败了孤独。

为苏三杜撰创伤

苏三离了洪洞县，将身来在大街前。未曾开言心内惨，过往的君子听我言。哪一位去往南京转，与我那三郎把信传。就说苏三把命断，来生变犬马我就当报还。

——《苏三起解》

短短的几句唱词，听后，背上像洒了白霜。一个女人戴着枷锁，面带绝望，缓缓走在快马扬尘的大道上。她默然心死，孤苦无依，命运的幽光闪现。长途漫漫，终归末路，南京城里红尘阡陌，等不到一封绝命书。

苏三，你站在人群面前，叫一声“哪一位去往南京转，与我那三郎把信传”，无人应声。“三郎——三郎——”，你水袖甩得高高，柔弱无骨，像一只濒死的天鹅，叫声凄厉。苏三，青楼里的玉堂春，你曾用肉体羞辱男人，命断时刻，为何忽然开始相信爱情？

此刻，你无所归宿，剩下的日子已然可数。如果你死在路上，这将是一个伟大的悲剧，因为一死之下，法律的亵秽和命运的残酷就会映照世间薄凉。只是我的私心难得满足。最后当然是人人欢喜的“大团圆”，有情人终成眷属，这一场戏轻轻化解了所有的悲凉，红烛燃起，新人入洞房，不知你的三郎有没有看见你乳房上的伤疤——那是监狱里邪恶的狱卒留下的。我为你杜撰了这个小小的创伤，希望你不要介意。

多少次，面对庸常的人生，下笔无言，迟迟写不出一行字来。深秋的葡萄架下，恋人忘情地接吻，暮色薄薄地落下来。怎么想到了苏三，在灯下抚着爱人的脸，凄然一笑，琴弦促急如密雨，让人喘不过气来。我们似乎从来就没有悲剧。

树犹如此

昔我往矣，杨柳依依。今我来思，雨雪霏霏。行道迟迟，载渴载饥。我心伤悲，莫知我哀！

——《诗经·采薇》

昔年移柳，依依汉南。今看摇落，凄怆江潭。树犹如此，人何以堪？

——庾信《枯树赋》

桓公北征，经金城，见前为琅琊时种柳，皆已十围，慨然曰：木犹如此，人何以堪！攀枝执条，泫然流泪。

——《世说新语·言语第二》

流光碎影把捉不住，但可以标记，标记在脸的皱纹上，或者树的年轮上。手植的树，异年再观也会生出对光阴的慨叹。

归有光在《项脊轩志》文末写道："庭有枇杷树，吾妻死之年所手植也，今已亭亭如盖矣。"细读之下，为之动容。一棵树可以见证岁月，也可以见证生死。

文心杂记

“岁月长，衣衫薄。”语出香江才子林夕词作《再见二丁目》。果然是好句，虽然整首词作未必上佳。有时，为了一句话，才敷衍了一首诗、一篇文。漂亮的句子就像摄人心魄的回眸，珠月灿然，光彩照人。

杜拉斯《情人》开篇有句话：“与你那时的容貌相比，我更喜欢你现在备受摧残的面容。”王小波大大称赞了这句话。我也佩服王道乾先生的神来译笔。备受摧残的面容是时光最好的纪念。我看过暮年杜拉斯的照片，已完全失去了昔日的神光异彩。照片里是一个又矮又丑的老太太，和她高大英俊的男友站在一起。写作也是挽留时光或追忆时光的方式。《情人》的气质是东方式的，是暮年心境的流露。写作企图用文字去追溯和寻找过往的时光，在笔下沉淀的却是一种模糊的情绪。这种情绪带着哀音和温暖，痛彻肺腑却莫可名状。

炎热的黄昏，在挥汗如雨的旧书店里，看到王小波杂文集《思维的乐趣》，封面是他的照片，身着花格子毛衣，头发凌乱，我当时莫名伤感：他已经死了十年了，我们还过着他曾经竭力嘲笑的生活——无趣、呆板、了无生趣，“走到灰色的人群里去，一路走一路想入非非。活着或者成为一只猪或死掉，也不知哪一个更可怕”。

一九八九年三月十四日，海子写下《春天，十个海子》——他此生最后的一首诗。十二天后，在山海关未褪尽的残阳里，诗人横绝铁轨，死亡和黑暗一起降临。“你所说的曙光究竟是什么意思”，这是诗的最后一句，凭空插入，毫无预兆，惊悚入骨。此时，薄暮四临，已经发疯的海子，莫名惶恐，目光狂乱，突然向读者发问。二十年过去了，这句诗蕴藏的鬼魅之气依旧不散，阴冷而怪异，它仿佛是诘问式的预言，预言了我们一事无成的命运和自我否定的悲剧。

“我把这远方的远归还草原，一个叫木头，一个叫马尾。”海子的诗，隐然成为时代的预言——人们已不需要远方。当他拨断时代最后一根琴弦，我们得到的尚未得到，丧失的已全部丧失。

刘禹锡《再游玄都观》：“百亩庭中半是苔，桃花净尽菜花开。种桃道士归何处？前度刘郎今又来！”这首诗的现代版是：谁能笑到最后，谁才笑得最好。这首诗里有万千情绪，既有对往事艰难的追忆，也有战胜对手的快慰，更有时过境迁的沧桑之感。这种情怀最是快意恩仇，世间最令人长出一口气的，莫过于看到昔日敌人的衰败，而自己依然坚忍不拔昂然挺立。《桃花扇》有云：“我眼见他起朱楼，我眼见他宴宾客，我眼见他楼塌了。”冷眼旁观的豁达和复仇得逞的得意，一个人久久郁积的情绪在这一刻得到最大程度的释放和激扬。

古典戏剧中，《西厢记》和《牡丹亭》都是才子之作，写艳事，脂粉气重，儿女情长，缠绵不尽。唯《桃花扇》不同，虽写男女之事，却洗尽铅华，哀婉痛楚，借才子佳人，写历史兴亡。孔尚任故意不成全乱世的男女，什么传奇，什么佳话，抵不过张道士的一声呵斥，家在哪里，国又在哪里，两个痴虫猛然惊醒，双双入道。一部明朝殒亡的痛史，由两个乱世男女去写，艳极悲极。大凡深入人心之作，多为哀书，孔尚任所悼念的不是一家一姓的覆灭，而是一个国家的文化凋零毁灭的命运。《桃花扇》的痛感，是遗民之痛，文化之痛，正如陈寅恪费尽心思考证几个不重要的红装的事迹，看似香艳无聊，背后不知寄寓着多少感慨与叹息。

“罗君章曾在人家，主人令与座上客共语。答曰：‘相识已多，不烦复尔。’”这段出自《世说新语·方正》的文字，初读之下，竟有隔代知音之感。“相识已多，不烦复尔”——我认识的人已经够多了，不用麻烦再这样做了。世俗皆以朋友遍天下为荣，这位老兄却对交朋友失去了兴趣，视友情为负担，当世之人必以为怪，而这正是六朝人物的可爱之处。他意识到，友谊也是人生牢笼之一种。随便认识一个人，然后忘记，这是很多所谓“友谊”的宿命。上面那位仁兄大概也厌倦了这样的生活，才不想继续认识新的朋友。现代人将朋友的“属性”贴上实用与否的标签，千方百计想成为人际关系网中的一环，唯恐某处有死结，哪里还有魄力拒交新人呢？

在我看来，《哈姆雷特》最大的成功是写活了一个拖延症患者的形象，他的反复、犹豫、掂量、彷徨，虽然充满了哲思的诗意和美，却仍是拖延症的表现。读《史记》鸿门宴一节，同样为项羽的拖延症痛惜，为何就是下不了决心呢，范增一次次的暗示，化作了不祥的失败的谶音。胡兰成在《今生今世》写道，妻子快要死了，没钱医治，他出去借钱，借不到，干脆在外面游荡了几天，亲友骂他“负心”、不是人，他的解释是“忽然有个解脱”，成了旁观者和无事人。拖延，是对当做之事的逆反，是无可奈何的逃避；它指向了人生的无聊、无意义，换言之，拖延是对命运的怀疑：命运的指令，我都要去执行吗？当人想不通命运为何如此发号施令，为何一定将我置于如此的境地时，他一定会拖延，这是他唯一的反抗形式。王阳明说，知而不行，并不是真的“知”，若真“知”，则必“行”。同样，拖延亦是如此，若真有兴趣或心甘情愿，不需要去说服自己，更不需要有外在的指令催促、鞭策。故此，除非内在意识发生转变，强迫自己克服拖延是愚蠢的、徒劳的……

人在无聊的时候，要找到如何消遣的法子。《双城记》里有位坐牢的梅尼特先生，天天一言不发地做鞋子，针起线落，时光飞逝，直至须发皓白。魏晋时代，文人动辄送命，一肚子不合时宜，乃有清谈、吃药、喝酒。阮籍酣饮为常，竟大醉六十日。因时代原因，沈从文写不出小说，居然写成一部《中国服饰史》，一出手就是专家级，背后的枯寂亦可想而知也。阿城有篇小说，叫《棋王》，写知青下棋，那时无书可读，无事可做，只好下棋，最后下成了“棋王”。王小波不以为然，讥诮道：“因为没事干而下棋，性质和手淫差不太多。我决不肯把这样无聊的事写进小说里。”他说得未免严重了些，无聊时做的事情，没有高低贵贱之分，不做这些，人要疯掉的。现代社会呢？以前，我自认胸有大志，看不上打麻将的人、费尽心思装房子的人、一天到晚看肥皂剧的人……现在才明白：人总要有所寄托，所谓寄托，就是能打发掉时间，洋人所谓“kill time”（消磨时间）。

《徒然草》里讲到过一位久米仙人，他求道多年，食松叶，服薜荔，有了御空而行的神通，对人世不再有染著之心。一日，他飞过家乡，看到河边浣衣的女子用双脚踏踩衣物，露出雪白的小腿，顿时目眩神驰，不觉起了色欲，从天上掉了下来。那一小截露出的小腿，竟破了仙人的法术，这是多么猝不及防的美，久米仙人看遍天上美丽的流云，悠然无住，不生妄想，却经不住女子随意挽起裤脚的诱惑，坠地而死，令人慨叹尘心难出，时时为色境所摄受。仙人如此，凡人更不必言。《红楼梦》里，宝玉要看看宝钗的红麝串子，“可巧宝钗左腕上笼着一串，见宝玉问他，少不得褪了下来。宝钗生的肌肤丰泽，一时褪不下来，宝玉在旁边看着雪白的胳膊，不觉动了羡慕之心，暗暗想道：‘这个膀子若长在林姑娘身上，或者还得摸一摸，偏长在他身上。’……再看看宝钗形容，只见脸若银盆，眼同水杏，唇不点而含丹，眉不画而横翠，比黛玉另具一种妩媚风流，不觉又呆了。宝钗褪了串子来给他，他也忘了接”。这段文字起承转合，写得性感丰饶，宝玉看见雪白的胳膊，当即心动，继而意淫到黛玉身上，欲境陡然扩大，直至色念转为贪占之心，“想摸摸”。不同于《金瓶梅》所写的皮肤滥淫，曹雪芹写出了意淫的痴念与幻境，正是：“汝爱我心，我怜汝色，以是因缘，经百千劫，常在缠缚。”

高翥《清明》诗：“南北山头多墓田，清明祭扫各纷然。纸灰飞作白蝴蝶，血泪染成红杜鹃。日暮狐狸眠冢上，夜归儿女笑灯前。人生有酒须当醉，一滴何曾到九泉。”全诗只有“日暮狐狸眠冢上，夜归儿女笑灯前”为佳句，其他平平，就像一个姿色平庸的女子，偏偏眼睛摄人心魄。这两句写生死之感，极为生动：日暮时分，在那凄凉、冷清之处，荒草蔓延，月光秋霜，只有狐狸安静地陪伴亡者，夜归的小儿女则在清辉满溢的灯下，低声笑语，他们不解人世之殇，但此刻是温暖的，人世的安稳和希望也在此吧。

写东西的人，最大的悲哀是没有自己的文体，一眼就可以看出师从谁的笔法和腔调；最大的幸福就是写一个单句也可以闻出他的气味来。

抒情一定不要过度。抒情过度，乃是滥情。过度抒情，很好的题材也会失去优雅和深刻。归有光《项脊轩志》文末一段堪称典范：“余既为此志，后五年，吾妻来归，时至轩中，从余问古事，或凭几学书。吾妻归宁，述诸小妹语曰：‘闻姊家有阁子，且何谓阁子也？’其后六年，吾妻死，室坏不修。其后二年，余久卧病无聊，乃使人复葺南阁子，其制稍异于前。然自后余多在外，不常居。庭有枇杷树，吾妻死之年所手植也，今已亭亭如盖矣。”这段文字是抒情的极致，写得极为感人，也写得极为压抑，若无其事的轻描淡写里有多少人世变迁的沧桑之感！

我不大会用标点，尤其逗号。逗号最难用，汉语虚词多，典型的太极语言，逗号应该点在哪还真不好说。很多时候只能靠语气判断。曾有一位严谨的女教授批评我的论文乱用逗号，我承认，我把写散文的笔法用来写论文了。不过，私下里，我一直认为，最优秀的写作者应该忘掉语法，更别说什么标点符号了。忘掉语法不是说不守语法，而是他的思路不跟着语法走，否则这个人的文章一定是呆板的——写论文的除外。作文之人首要讲究语感，这和文学理论、语法规则关系不大。很多人大谈文论，古今中外，头头是道，实则是戏论，曹雪芹知道什么文论呢？

一个文本，最低层面是语言层面，所谓“遣词造句”，最高层面也是语言层面，“形式即是内容”。初读一本书，最先看文字，再论其他，看过内容、写法，知其寄托、深意之后，再反观其语言，如果仍觉得好，这本书就是杰作了。从语言回归语言，不是简单的轮回，而是美学感受力的升华。杜拉斯的《情人》多短句，叙述散淡，文法极为简练，所用字词也很普通，但一旦放入特定的氛围——空寂、孤独、悲哀、卑微、颓废、无所事事——就立即现出奇异的组合之美。这种美是一个十五岁的女孩子站在渡船上，等待有个人出现，这个人面容平静，此刻晨光初现，湄公河岸边一片寂寥，只待人来。

现代中文最可怕的就是广场腔、痞子腔、故意学鲁迅的讥诮腔。怎么用语言，可看出一个人的内蕴和底色。有段时间，学胡兰成很流行，以女作家居多，如安妮宝贝等，虽未承认师承，但胡腔胡意颇重。至于朱天文，终身在胡的摄受之下，至老如此，她在小说中其实有过反叛，《巫言》等都是“脱胡”的尝试，只是写起文章来，仍胡腔毕现。有人说“学胡者死”，究竟死在何处？盖因胡体是内功、是修为、是自性的流露，纤柔中有骨力，甜媚中有涩意。只是，胡兰成的“姿”太过明显，才易为效颦者循袭字句，如此，则不免死于句下、画虎类犬。学胡，当有反骨，对胡“亦要斗一斗”，这样才得其密旨。胡兰成当年没有一番文字修行，不“杀师灭祖”，顶多是男版的张爱玲而已。张爱玲拼尽残年写成《异乡记》，弃绝早年的浮华，以惊人的观照下笔，由隔而亲，亲中有隔，达到了一生文字的顶峰。张爱玲衰年变法，也有和胡兰成比斗的意味。她看到《今生今世》，估计愣住了，对夏志清讲“胡夹缠得厉害”，不过是惊慌失措中的口不择言，不必当真。两人虽仳离，精神却相通，文字的较量从未停止过。胡兰成说，吃了张爱玲的涎唾水了，撇去性的意味，就文体而言，倒是说出了熔铸新文体的真谛：不要成为一个人，但可以吃掉他。千言万语，一个“化”字而已。

李泽厚《论语今读》几处谈及文体问题。该书是李氏对《论语》的哲学式解读，近于札记，以浅易文言写成。之所以用浅易文言，李氏自承“下意识地反抗某些青年理论家们那种弯弯曲曲、模模糊糊、拗口难懂、似通非通的流行文体”。他尖锐地批评这种文体：“（这种文体）我称之为堆新词，如鸟语，构造语言迷宫以自迷迷人，可谓教授话语的通货膨胀。我以为如其那样，就不如干脆‘恢复固有文化’，即使‘之乎者也’，也比那些弯曲文句明白痛快，更接近日常语言。这当然有点冒天下之大不韪的味道。风头正健的青年理论家们或将群起而攻之?”这段文字出自该书序言，写于一九九四年，正当李氏去国之初。多年过去，当年“风头正健的青年理论家们”已披上了学术衮服，继续装神弄鬼，贩卖西洋名词以吓同胞，玩弄高深概念以愚学子，满纸翻译腔，竞炫外文字，文句枝蔓，文意晦涩，生恐读者看懂，活脱脱成了神汉和巫婆的“青词”。

台北的十七岁

大厦一扇铁门一开，走出两位小说里的少女：扁扁的黑鞋，扁扁的胸部，扁扁的国语，扁扁的《爱眉小札》，扁扁的初恋，像夹在书里的一片扁扁的枯叶。

上面的话出自董桥，写的是台北。台北是南京的怀旧版，是失去之后安慰自己的补偿品，这样的城市，注定存有古典情怀，“古典”并非只是古旧的画卷、褪色的花瓶，有时它只和记忆有关。

感性的台北，晃荡在一部叫《蓝色大门》的电影中，纠结在阳光氤氲不定的回忆里，掺杂着现时看彼时的怅惘，就如写在青春期日记里的故事，时隔多年已经记不起为谁而写。

台北的夏季，一个慵懒的、靡靡的、模糊的季节，阳光有时不够匀，那么多一起打在年轻的脸上，就像影片最后的台词：

我似乎看到多年以后，你站在一扇蓝色的大门前，下午三点的阳光，你仍有几颗青春痘，你笑着，我跑向你，问你好不好，你点点头。三年五年以后，甚至更久更久以后，我们会变成什么样的大人呢？是体育老师还是我妈？虽然，我闭着眼睛也看不见自己，但是我却可以看见你。

下午三点的阳光，一对小儿女，青春期的断断续续的叙述，戛然而止的时候，大家都没有吃惊，因为笑容还如三月花事，依然无忧绽放。

史学家的爱情

有一天，我要处理一些文书工作，辛妮答应我的请求，偷溜到我的营房，在我的床上睡了两个小时，我则在床边工作。她醒来时，对我微笑，我于是抱抱她。她脸上依然挂着纵容的微笑，一边喃喃着说：“如果你想要，可以啊。”

那一瞬间，我不能说不动心，但多嘴的我又问：“你确定吗？”

“当然，”她说，“只要你最后娶我。”

婚姻是一个神奇的字眼，却也很有威胁性，一定使许多好冒险的年轻人忽然变得胆小，立刻停止不成熟的举动，当时更是如此。我因此就僵在那里，在一刹那间，所有的狂野期待全部消失。穿过我脑中的，反而是当时面临的种种问题：中断的学业、经济状况、职业及未来。成都城外的甘蓝菜田再度浮现脑海，孟拱河的冷冽也再度贯穿心中。

——黄仁宇《黄河青山》

史学家的文字能如此熨帖、细微、不露痕迹，着实少见。理智、情感、性爱、责任、迷茫，千头万绪，却写得波澜起伏，跌宕生姿，令人佩服。《黄河青山》全书通篇大论，尤以入美之后的学院生活读来枯燥乏味，但这几段文字，却见功力，堪称叙述文字的上品。辛妮是黄仁宇在上海认识的第二位女友，其时，他正在军中当下级军官，前途无望，学业中断，国家也处在内战一触即发的边缘。黄终究不是花花公子，内心充满自卑。逃避责任的人，大部分是因为自卑。情种多生于富贵之家，衣食无忧才能多欲多情。黄仁宇在情欲面前止步，狂想消失了，意识到自己的无能无力，此时的心绪，如一片秋叶，寥落无归，只能静待冬天来临。

巴山夜雨

我长在北方。一到秋天，“树树秋声，山山寒色”。秋夜渐长，清晨打开门，清寒阵阵，红衰翠减，已是“满阶梧叶日明中”，池塘春草的梦飘远了，只剩窗外的蟋蟀声声鸣叫着秋天，霜天寂寥，这样素净的季节，才有采菊的萧爽，才有看山的悠然。

记忆中的秋色远隔千山万水，对之怅然，望断南飞雁，捎不来故乡的消息，唯有巴山秋雨夜夜入梦。客居重庆多年，不知何故，竟爱上了这飒飒的秋雨，喁喁似诉，锵锵如怒。夜凉了，与爱人拥着薄被，雨势凄紧，落在黄桷树上，雨声缓急错落，我们仿佛与世界隔开了，温暖而孤寂，“一夜万般情绪”。

“巴山夜雨涨秋池”。这诗意的源头来自李商隐。一千多年前的秋雨之夜，思念蔓延，无止无休，无涯无尽。遥想诗人当年，雨在门外，烛光柔和，新来的信笺询问归期，相思的潮水回旋心湖，忽然有了诗情，忽然有了羁旅的愁思，忽然有了巴山楚水的落寞之感。他起身，饱蘸思念，遂有了感人至深的《夜雨寄北》。

今夜，酷暑刚过，夜雨潇潇，秋池涨溢，正如那绵绵不绝的相思，我低唤你的名字，幽怀却与谁说！十年夜雨，苍茫处，嘉陵江水映照惊鸿掠影，年年听雨，年年心境却大不相同，不复有“少年听雨歌楼上”的风流俊逸，转眼中年的风雨已袭上心头，惶恐间，才明白最温柔的时刻是在冷雨夜与你依偎在灯下。

鲁迅的无聊

唐振常先生在《川上集》中转述过一则鲁迅佚事。一次，沈尹默去北京绍兴会馆看鲁迅，正逢有人在墙边小便，鲁迅用一弹弓聚精会神地射击此人的生殖器。沈尹默对此评价道：“可谓童心未泯。”

那时的鲁迅叫周树人，在教育部做公务员，看不出有成为民族喉舌的潜质，他住在绍兴会馆，为消磨时间，整天校雠古籍，抄录古碑，《呐喊·自序》追忆过这段生活：

> S会馆里有三间屋，相传是往昔曾在院子里的槐树上缢死过一个女人的，现在槐树已经高不可攀了，而这屋还没有人住；许多年，我便寓在这屋里钞古碑。客中少有人来，古碑中也遇不到什么问题和主义，而我的生命却居然暗暗的消去了，这也就是我惟一的愿望。夏夜，蚊子多了，便摇着蒲扇坐在槐树下，从密叶缝里看那一点一点的青天，晚出的槐蚕又每每冰冷的落在头颈上。

这大概是写无聊之感最有力的文字，阴郁、灰暗、消沉，在一篇短文里，我借鲁迅感叹道：“二十多岁的周树人徘徊在繁华的东京街头，做什么都不成功。念书不行，搞文学也不行，参加光复会的刺杀计划却临场退出，他更没有爱情，这种状况一直持续到他在北京的教育部小官僚的生涯。他最终爆发了，在一九一九年，以一篇声讨中国文化痼疾的檄文。他成为导师和战士实在是很偶然的事情。如果没有钱玄同的约稿和催促，以及苦口婆心的劝说，他不可能有后来的际遇。他整天躲在屋子里抄写古碑，消磨着人生的光阴，直到将近四十岁。这样的人还能指望他纵横天下睥睨群雄？我想着鲁迅，心里多少有些安慰：即使伟大如鲁迅者，也有彷徨失落无所事事的时候。那么，我们这些凡人何不稍微宽恕一下自己，允许自己过一段无所事事的日子？”

方遯翁心态

坚持写日记的大抵有两类人：极端孤独的人、极端坚忍不拔的人，唯此二者才能常年坚持。

凡为自己所写的东西，都可称之为日记。天才的卡夫卡生前一直不肯发表作品，死前嘱友人烧掉所有作品。这些作品也可以说是他的日记。真正的日记，必须锁起来，让别人难窥一斑。托翁晚年出走，不就是托老太太执拗地要求看老头的日记吗？

也有可以拿出给别人看的日记。《围城》里面，方鸿渐的父亲方遯翁就喜欢展示自己的日记。他上了年纪，“忽然发现了自己”，写日记时有一种“精神上的顾影自怜”，记载自己各个方面的嘉言懿事，以证明自己如何高明，并可垂范子孙后人。他每天的一言一行都想着日记里如何写，还会把写好的日记找机会给别人看，以此为乐。这种日记自然是“伪日记”，这种写日记的心态姑且名之为“方遯翁心态”。

一些大名人也有“方遯翁心态”。胡适说，梁启超即使给别人写张字条也不肯苟且的，因为梁任公知道自己写的每个字都能进入历史。胡适写日记何尝不是如此？他早年曝得大名，对自己早有定位，所写日记也不免有留做身后史料的想法。不过，一旦想着别人要看，写作的心态就不自然了，会不自觉地失真。为塑造自己的形象，不免裁剪、粉饰，这样写日记，倒不如说是自撰年谱呢。

玩玩语言与文化

黄仁宇先生在回忆录《黄河青山》的开篇追述了自己的初恋，笔调堪比杜拉斯的《情人》，沉痛而不沉重，无限的沧桑之感汩汩流出，笔墨却匀淡地抹开。青年黄仁宇的女朋友叫安，安的哥哥是一个典型的纨绔子弟。书中有一段记述非常有意思：

> 有一次，她带着意味深长的微笑，说她哥哥不过是一个花花公子。这种说法立刻激活我的防卫机制，我想不起她哥哥哪一次不提到环游世界。我替自己找了一个借口："要有钱才能当花花公子。"
>
> "不，"安嘲笑我的天真："花花公子就是花花公子。如果要有钱再谈玩乐，就不是花花公子了。如果花花公子没有钱，就用别人的钱。"

黄先生略有伤感而又不无自嘲地写道："三十八年后……经过这么多年后，我还是不知道如何玩别人的钱，但我乐意玩玩语言与文化。"历史学家写爱情故事都不一样，笔法洗练，每一行字看似随意，实际大有深意存焉。自然，如果我们的黄先生和这位安小姐终成眷属，就不会有后来玩历史玩得出神入化的黄先生。不过，黄先生真的是在玩语言与文化吗？他的研究真是玩的心态吗？——他其实玩不起的，一个孤悬海外年过三十的老留学生，一个在装运公司干着粗活的业余蓝领，一个六十多岁还被解雇的落魄学者，一个身历战乱目光始终忧郁的历史学家，黄先生根本不可能玩历史，相反，他爬梳钩沉，一丝一缕要为父母之邦寻出一条新路。所以，这句看似潇洒的话，实际上是自我安慰和感慨今昔的自嘲。

抛开黄先生不谈，语言与文化真的不能玩吗？学术果真那样神圣吗？如王船山那样躲在深山野洞近乎避世地写那些改朝换代后的泣血之作，或者更远一些，像司马迁那样将一腔孤愤倾注于史册之中并自信可藏诸名山传于后人？对他们而言，学术是公器，要昭示天下的文心所在；是利刃，要刺穿历史的真相，流出暴君的冷血；是墓志铭，要刻下人生的信念与坚守。他们当然值得钦佩，只是这样太累了。为何不能有更轻松的心态呢？神经绷得那么紧，文字和思想怎能从容？战国时代的学者们席不暇暖，欲以学术、思想救世，救来救去，出来一个暴秦，几百年的文化积累在熊熊的秦火中灰飞烟灭，至此，我们才明白老子所言“圣人出而大盗起”的意思。

“玩玩语言与文化”，并非轻佻话，乃是治学的心态放松了，不以功利为念，不以大义责人。有些人在学问、学术上稍稍用点功，一有所得便觉真理在我，舍我其谁，吾人不出，如苍生何？其实，学术、思想最不可自成一物，独立于人身之外；相反，真正的学术、思想能够滋养人，与生命相契，与世人相知，本身就是风景。所谓“人能弘道，非道弘人”，学问、思想不是供人膜拜，而是感发和激荡对生命的省思。有些思想家喜欢以医生自居，“启蒙”云云，一心想疗治民众的愚昧，视学术、思想为包治百病的良药，最后却不免弄到“以理杀人”，可悲乎哉！

洋人难懂陶渊明

张枣通英语、德语，却不轻易译诗，他甚至认为“诗歌是完全不可翻译的”，“有人对叶芝的评价不高，那是因为他看到的只是被翻译的叶芝，汉语中的叶芝”，本该打到译者屁股上的板子，却打到作者身上，何其冤枉！钱钟书对蹩脚的译者有过不客气的批评：“坏翻译会发生一种消灭原作的功效。拙劣晦涩的译文无形中替作者拒绝读者；他对译本看不下去，就连原作也不想看了。这类翻译不是居间，而是离间，摧毁了读者进一步和原作直接联系的可能性，扫尽读者的兴趣，同时也破坏原作的名誉。”

中国的古诗，诗意高度凝结，犹如纯度极高的美酒，别说翻成外文，就是译成现代语体，亦如好酒加了水，诗意也随之稀释了。顺手举一例，陶渊明的名句“采菊东篱下，悠然见南山”，简朴而有质感，心可领会而不能言其妙，若译成现代文“我在东墙下采菊花，猛然抬头看见南山”，诗意荡然无存矣！这两句译成英文如何，且看杨宪益和戴乃迭的英译：While picking asters neath the eastern fence, my gaze upon the southern mountain rests。杨、戴二先生是翻译大家，勉力译出尚是如此光景，其他人可想而知也。我反复想，此寥寥二句为何难译？结论是，这两句乃神来之思，妙手得之，非苦吟之功，非小智小巧，流溢着无心、静谧却又难言的禅意，正如清人王士祯所言：“篱有菊则采之，采过则已，吾心无菊。忽悠然而见南山，日夕而见山气之佳，以悦鸟性，与之往还。山花人鸟，偶然相对，一片化机，天真自具。既无名象，不落言诠，其谁辨之。”其中，“悠然”是诗眼，虚实相间，汉字的灵秀神韵于斯毕现，自然难译成外文了。

退一步讲，诗即使译，亦因人而“译”，按照王小波的说法，同样译普希金的诗，查良铮（穆旦）能译成雍容华贵的英雄体诗，有的先生则译成了二人转的调子。钱钟书有言，若要译得好，译者须有做媒和引诱的手段，“介绍大家去认识外国作品，引诱大家去爱好外国作品，仿佛做媒似的，使国与国之间缔结了‘文学因缘’，缔结了国与国之间较少反目吵嘴分手挥拳等危险的‘因缘’。”话虽如此，真正翻译起来谈何容易，两种语言本就有距离，诗歌偏又是语言的炼金术，极考验译者对两种语言的感受力和领悟力；诗歌从一种语言出发时顾盼神飞，光彩照人，一路上颠顿风尘，鞍马劳顿，待进入另一种语言，已是姿容黯淡，罗衣宽褪了，诗从美人变成黄脸婆，让人不得不叹服一个老生常谈的说法：“诗就是翻译中失去的东西。”

或许正是因为这个原因，落魄美国的张爱玲即便穷死也尽量不做翻译，天才如她，早就敏感地意识到翻译的不可靠，在小说《封锁》里，她径直以翻译比喻生命的隔膜之感：“生命像《圣经》，从希伯来文译成希腊文，从希腊文译成拉丁文，从拉丁文译成英文，从英文译成国语。翠远读它的时候，国语又在她脑子里译成了上海话。那未免有点隔膜。”说到最后，诗还是不可译，谁若想将古汉诗译成外文，不妨先听听高阳先生的妙论：“用一把欧美名牌的钥匙，怎能开得中国描金箱子上的白铜锁？”

一种难言的秘密气息

直到现在，我始终萦怀于一种难言的秘密气息，那是二十岁时，读书歌乐山下，潮润的早春夜晚，叶嫩花初，草木的清香幽然沁入，若有若无，甜美而感性，恰如她新沐后的发香，有无可形容的青春之味，令人思之不尽。

草木和美人的气息容易感受，语言的气息，却要隐秘得多了。在诗里，这气息表现为韵律，一种流动的、迂回的气息。汉语的气息实在丰富，我们竟有“文言”和“白话”两种同源而异流的文体，于细微处，可寻得汉语言殊异的表达力。

试以《枕草子》为例吧，这是一部日本的笔记体散文，作者为女作家清少纳言。我所见的两种版本，分别为周作人、林文月所译。先读了周作人的译文，只觉得好，因不懂日文，不知道好在何处，待读了林文月，才知周氏的密意和用心。不惮大段抄来，且看看他们对首章“四时”之景的翻译。

林译：春，曙为最。逐渐转白的山顶，开始稍露光明，泛紫的细云轻飘其上。

周译：春天是破晓的时候最好。渐渐发白的山顶，有点亮了起来，紫色的云彩微细地飘横在那里，这是很有意思的。

林译：夏则夜。有月的时候自不待言，五月的黯夜，也有群萤交飞。若是下场雨什么的，那就更有情味了。

周译：夏天是夜里最好。有月亮的时候，不必说了，就是在暗夜里，许多萤火虫到处飞着，或只有一两个发出微光点点，也是很有趣味的。飞着流萤的夜晚连下雨也有意思。

林译： 秋则黄昏。夕日照耀，近映山际，乌鸦返巢，三只，四只，两只地飞过，平添伤感。又有时见雁影小小，列队飞过远空，尤饶风情。而况，日久以后，尚有风声虫鸣。

周译： 秋天是傍晚最好。夕阳辉煌地照着，到了很接近了山边的时候，乌鸦都要归巢去了，三四只一起，两三只一起急匆匆地飞去，这也是很有意思的。而且更有大雁排成行列飞去，随后越看去变得越小了，也真是有趣。到了日没以后，风的声响以及虫类的鸣声，不消说也都是特别有意思的。

林译： 冬则晨朝。降雪时不消说，有时霜色皑皑，即使无雪亦无霜，寒气凛冽，连忙生一盆火，搬运炭火跑过走廊，也挺合时宜；只可惜晌午时分，火盆里头炭木渐蒙白灰，便无甚可赏了。

周译： 冬天是早晨最好。在下了雪的时候可以不必说了，有时只是雪白地下了霜，或者就是没有霜雪也觉得很冷的天气，赶快生起火来，拿了炭到处分送，很有点冬天的模样。但是到了中午暖了起来，寒气减退了，所有地炉以及火盆里的火，都因为没有人管了，以至容易变成白色的灰，这是不大好看的。

有过翻译经验的人都知道，全书之始是关键，因为关乎后面语调、语气的确定，如果开头没有找到节奏，后面就会章法大乱。林文月的译法，古雅、简洁、不拖泥带水，按说应该是好文章，相较之下，周作人似乎繁密啰唆，多用口语，看不出译者古文学的修养。可细细读来，仅凭感觉，周作人的译文自然、畅达、柔婉，译出了女性独有的慵懒、闲适、随意的感觉，“这是很有意思的”“也是很有趣味的”“也都是有意思的”这样的句子，如在屋内隔着帘子，听门外的人说话，有家常之感。吾国文学也有这样的句子，李清照“知否？

知否？应是绿肥柳瘦”，口吻调皮、迷人，真是风情万种，千载之下，读之心醉。

周作人的好处，在于他译出了一种难言的秘密气息。这种气息，细腻而温婉，只有深谙诗意的人才写得出，青少纳言写此书时，正值寂寥的晚岁，青灯独坐，枯寂如老僧，下笔之时，却不觉萦念青春时代，语气清扬、悠长，充满了对人世的爱悦。周作人敏感地再现了这种气息，纵有沧桑之心的人读了，怕也要生起对这世界眷恋的情味吧。

这种气息之迷人，全在相应的文体，那就是“白话”——如果用林文月古雅的文言体，那种细腻感，全都会消失的。此处的秘密竟在于：白话固然琐碎，却能摹写细腻之物、细腻之情、细腻之思；文言的好处在于简洁，文气沛然，铿锵有力，用之写檄文、政论、学理，没有不恰当的，但它的概括性太强了，不能迤逦地展开风景，也无法纤细地写出一种微妙的气息和情绪。

周作人的用词以白话为主，也有古雅的词，但不影响整体的舒缓柔和，所以读下来，感觉不到气息的流失，笑貌、神气、语调恰到好处，真是增减都不能了。青少纳言悠然而不经意的漫谈，如果以林文月古雅的笔法传达，那种细腻感就变成了文人的正襟危坐，而非小儿女的娇意和可爱了。

无立足境

《红楼梦》第二十二回，宝钗过生日，有戏班唱戏，一个戏子绝似黛玉，大家都看出来了，只不说，惟湘云心直口快，竟说了出来，宝玉怕黛玉多心，“忙把湘云瞅了一眼，使个眼色”，不料，此举反惹得湘云、黛玉皆不悦，乃闷闷回至怡红院，思前想后，无限委屈，为表白心迹，写下一偈：“你证我证，心证意证。是无有证，斯可云证。无可云证，是立足境。”消了气的黛玉，将此偈携与湘云、宝钗同看，并续上一句：“无立足境，方是干净。”红楼禅语多矣，此句最耐寻味，黛玉所加句，可为点睛，非有慧心者不能有此。

“无立足境”，何其难也。人皆有“自我”，随时有美化自己的冲动，写回忆录也罢，写自传体小说也罢，于他人手起刀落，对自我犹有余情，于是，自恋、自赏、自叹，这样的书，实在不少。永远是别人负我，永远是自己占据道德高地，或悲情难禁，或故作宽大，说到底，难放下“自我”，还有一个“我”在作怪。“我”只要还有立足之境，就无法静观、反思、超越，无法“看自己就像看别人，看别人就像看自己”。

目力所及，张爱玲、虹影这些女作家反倒是“勇士”，不再顾忌，不再造作，出尽自己的丑，逼得自己无立足之地。张爱玲无视胡兰成渴望的“大团圆”，什么“正大仙容”，什么“金童玉女”，什么“浮花浪蕊”，统统置于死地，她不要这样的佳话，也不要所谓的正面形象，胡兰成越是捧她上天，她越是痛下狠手写背叛、写屈辱、写对人性无望的期待；虹影呢，不仅写出了私生女的身份，还写了亲情和爱情的不可靠乃至残忍无情，她甚至直书与姐姐“二女侍一夫”的人伦尴尬。当然，充满道德血液的批评家会说，她们是哗众取宠、沽名钓誉，不过，在纽约公寓里孤独、穷愁以死的张爱玲大概已无动机去哗众取宠，敢写自己是私生女的作家也用不着再售卖“二女侍一夫”的丑闻了。她们之所以这样写，是勇于面对自己，彻底甩掉了人格面具，不再患得患失，不再保持形象。

胡兰成写《今生今世》，评者云“骂自己骂在别人前头”，我看，他写此书时，尚未到“无立足境”，否则，何以在书中读到沾沾自喜的照镜自赏、避重就轻的拿捏选择，他的叙事，固有诚意，但无法诚实地面对自己，到处洗刷、为自己辩护，这到底是哪门子的禅宗精神？只有禅之姿，无有禅之实，无他，他在日本受礼遇，写自传也是用来打天下，这样的书写，能有几分诚意，实在大可怀疑，自然，对他也不可深责，较之自恋得几乎翘起兰花指的某些男作家来说，胡兰成已是难得的诚实了！反观张爱玲，早早放弃了在美国出名的幻想，自愿萎谢、自愿放逐，反能照见五蕴皆空，用不着花团锦簇地把自己包起来，一切归于平淡，一切归于虚无。

这是否就是“无立足境，方是干净”？

谁有资格说痛苦?

海德格尔说，人生的本质是“烦”，现代人听之，想必欣然神会。佛法则单刀直入，直言人生是“苦”，实无幸福可言。佛陀说苦，妙就妙在他是以王子之身出家，如此现身说“苦”，才让人信服——享尽荣华的人说“苦”，至少不会显得矫情。

谁有资格说痛苦？真正痛苦的人不说痛苦，他反而说“又是一年好风景，落花时节又逢君”，他反而说“莫听穿林打叶声，何妨吟啸且徐行”。痛苦的人，如果化不开，顾影自怜，孜孜于展示自家的伤口，这和阿 Q 向别人炫耀自家虱子，出于同样的思维。

不说痛苦，乃因痛苦是常态。直书痛苦的小说、文章大都不入流，所谓暴露文学、批判文学，抨击时弊固可，深入人心实难。屈原被谗，落魄去国，真是苦极了，一旦写起诗来，姿态却极美，即使有哀意，亦能迅速转化成高渺的诗意。哀歌，乃是诗意地处理困境，不见得非要痛哭流涕、捶胸顿足，试思《窦娥冤》，指天骂地、控诉不公，痛则痛矣，但能打动几位读者的心？只是戏剧化的作态罢了！反观《红楼梦》，整部书都在写吃吃喝喝、哥哥妹妹，波澜不惊，家长里短，阳光掠过大观园的芭蕉树，投下了巨大的阴影，深入骨髓的哀意，弥漫在公子红装的调笑里，绮绣的楼台渐失于薄雾、哀婉的歌声戛然于断琴，长长的日子，细碎的对白，挥之不去的是不祥的气息。高鹗是聪明人，没把《红楼梦》续成“大团圆”，他清楚，河道已定，水流难回，只能以悲剧收尾。犹有憾者，他理解的“悲剧”，就是极写黛玉之死的惨状，如此一来，仍太刻意、太直白。

“大团圆”是最欢乐的哲学观，没有丝毫痛感，小心地不触及人生的真相；宣泄苦大仇深，“谁敢比我苦”，近于自残和自虐，没有风度和优雅。并非不能言苦，但不可耽溺于苦，一旦陷于痛苦而无法自拔，即是不吉。对于痛苦，无须掩饰，亦无须郑重其事。苦，多么自然的状态，时时处处，皆可见苦的踪影，此日常之物，此生存状态，以平常的口吻说出来，更有惊心动魄的力量。

论诗札记

其一

多少恨，昨夜梦魂中。还似旧时游上苑，车如流水马如龙。花月正春风。

——李煜《望江南》

一向喜欢后主之词。后主入宋后，所作之词几近泣血，家国灰飞烟灭，美人香消玉碎，极尽繁华又极尽悲痛，此为天上人间，时空渺然，令人生出不知身在何处之感。

多少恨，昨夜梦魂中，此一句惊心动魄，至为沉痛，情绪抒发至此而极，以下三句气象宏阔，奢华靡丽，叙述语气转为平淡，甚至谈及花月春风，但是，扑面而来的是绝望的气息，身败心死，他的光荣往昔必定如刀，越是沉浸往昔，其刀越是无情切割。华丽的舞步，伤痛的颓废，后主若独立小楼，思及天下之大，尽为别人而设，囚禁的宿命无情地诅咒，世界只在眼中，无处寄身，一无所着，最为伤心人也。

车如流水马如龙，他曾置身其中，现在却必须独面孤独和落寞，那些热闹的风景都是别人的，喧嚣的人生和靡靡的歌声都与己无关了——于是记忆中的舞榭歌台，陌上花开，深情款款，被“还似”二字一笔勾销，繁华止步，命运止步，此时要往后退，慢慢走下高大华屋的台阶，看见门外白霜遍地。

其二

行行重行行，与君生别离。相去万余里，各在天一涯，道路阻且长，会面安可知？胡马依北风，越鸟巢南枝。相去日已远，衣带日已缓。浮云蔽白日，游子不顾反。思君令人老，岁月忽已晚。弃捐勿复道，努力加餐饭！

——无名氏《古诗十九首》

此为《古诗十九首》中的第一首。丧乱的汉末，生命寄于尘世，恍恍天地，渺渺人生，一切都如远行。凡处没落、混乱的时代，诗人们对征服世界失去了兴趣，转而对自己的身世和故园有了一种亲切和怜悯。他们的内心太过柔弱和敏感，“人生忽如寄”的宿命感时刻浮现心头，因此常有哀叹、恐惧以及自己被命运玩于股掌的虚无感。

“行行重行行，与君生别离。”只需稍稍想象，就可以看到一个飘忽拖沓的身影走出恋人的目光，脚步迟疑而缓慢，天涯道路，远在眼前，相送的时刻如此揪心，分别的场景如此伤感。诗人在某个客栈写这首诗时，所有的揪心和伤感还要重现：渐行渐远的时候，身后送别的女子或许转身而泣，或许在心中呼喊着恋人的名字，或许徒劳地向着刚刚踏起的征尘挥舞着手臂。此时，时光空旷浩远，离人无能为力。

相去万里，彼此天涯，道路阻长，何时可见？一边是难分难解的分别，一边还要料想到一旦分别，很有可能此生再也不能相见，这是最为绝望的离别，就像明明看到星辰灿烂降落，却不知落于世间的何处。这种心情比秋天的消逝还要久远，还要漫长。

诗人追忆往事时，已经远离了故园的桑梓和恋人的呢喃，“胡马依北风，越鸟巢南枝”，路途中的旅人往往容易莫名地停下来，看见大漠风沙中低首的马匹，看见江南密林中栖息的飞鸟，他会在一刹那间记取种种酸涩和温暖的细节。有时他正和别人说着话，有时他正凝神读着随身携带的一本书，这都不妨碍他忽然想到千里之外的往昔，这往昔如月光倾泻，照彻大地，相思无处可逃。

追忆是对当下短暂的逃离。任何回忆都必须回来，任何美梦都必须醒来，诗人开始计算离家的时间。如果意识到离开已经很久了，他会想到自己的现在，会把现在和过去的场景一一对比，然后感慨系之，无可奈何。“相去日已远，衣带日已缓，浮云蔽白日，游子不顾反”，这里的“远”是时空的逐渐疏离、隔阂，飘飘的衣带在风中吹动，脸上的表情自己也怕见到，站在一个与故园和情人隔尽千山的地方，浮云蔽日，笛声切切，他已经知道自己的孤立无援与凄惶无助。

“思君令人老，岁月忽已晚，弃捐勿复道，努力加餐饭”，写完此句，诗人已经掷下笔来，默然独坐，情绪至此已经完全松懈，他终于向岁月投降，承认作为人的失败和脆弱，承认自己实际上仍是夜归灯前的小儿女，承认自己的英雄气概并未始终充盈心间。岁月摧毁了他的容颜，但他不能直接说出来，而是借口思念，思念情人，想到分别时她仍艳艳的脸，美目流盼。在诗人心中，情人永远不会老，老的是自己，情人容颜始终如一，这样想来，所有的衰老都得到了补偿。“忽已晚”，这种心境怕她的情人览镜自照时也会有，看到镜中的自己，会忽然心惊。

热恋中的儿女，会把最浪漫最坚贞的事情毫不费力地说出来，而一旦感情深沉下来，如潜在水底的鱼，看起来只在粼粼水光之下，实际上却在水的最深处。真正深沉的感情竟是羞于说出的，漫不经心的一句话，不经意间的一瞥，都可以传达难以言传的爱意。此时诗人已经不再提到思念，思念已经太单薄，他只是提醒爱人“努力加餐饭”。母亲对离家的儿女亦然，叮嘱的是寻常的穿衣饮食，她并不说我会多想你。诗人此时也是这种心境，浓烈后的淡然，绚烂后的单纯。这已经足够了，对不在身边的人，最好的祝愿就是希望她沉静安康，好好活着，然后等他回来。即使回不来，想到所有的风景可以变动不居，一如当初，想到恋人仍在院子里安静地织布，机杼声里，思念像布一样落地，栀子花下的人儿明艳如昨，并未曾消瘦，他心里仍旧可以欢喜无限，并且这欢喜无关远近，无关岁月。

二〇〇七年一月二十三日

庾信文章老更成

大凡丰富的诗人，不仅可以留下安慰人心的作品，更可酝酿新的文学空气。在浮薄而轻艳的南朝文学史上，庾信以其流连哀思而灏气舒卷的诗风，为盛唐诗的渊渊博瀚注入了不竭的活水。杜甫《戏为六绝句》："庾信文章老更成，凌云健笔意纵横。"老杜可谓慧眼，一语道出庾信晚年诗歌美学的转向，此语亦可借来形容我读柏桦新出诗集《革命要诗与学问》的感触与印象。

当代诗人诗风转变之大，前后境界腾跃之剧，柏桦可谓唯一，正暗合了"苟日新，又日新，日日新"的古训，他从"中年变法"直至今日之"老更成"，其间的美学趣味历经千转百回，诗艺铸炼已臻自如化境。柏桦曾著《一点墨》，融诗歌、笔记为一体，笔之所向，意之所驰，已无所拘，宕开了胸中之气象万千，写尽了心底之幽微情思，以史入诗，以诗证史，风姿之殊异，为今日诗歌写作所罕见。现在，翻览他的新作《革命要诗与学问》，更见其"从心所欲不逾矩"的从容游艺，触目皆是奇异的美感与玄美的幽思，风雅颂并陈，诗史思兼具，文字快意之酣畅，人情洞察之入微，读罢逸兴飞扬，继而徘徊低叹，思之犹有余味。

有心的读者可能会觉《革命要诗与学问》有眼熟之感，确实，柏桦正是径取胡兰成之书名而作别开生面之运用。胡氏暮年授课，所讲多关民族文化之重建与今日世界之劫毁，但其"谈理论亦如诗"，故名《革命要诗与学问》，暗寓胡氏谈学问不同流俗，乃是以感性的风姿兴发理论的奥义，所谓"渔樵闲话"，所谓"好花每每开出墙外"，正是其文心独运之处。今日何日兮？柏桦竟用"革命""学问"来命名新作，其意在何？

“革命”作为政治语汇，大可告别，但却不妨拿来指称“文艺的变法”，陈词滥调须除之必尽，真正的文学美感才能如杨柳不惹尘埃，不落庸俗文风的窠臼。新诗于今，将近百年，其“新”尚可言乎？新之为新，正在“日日新”的变法决心，正在于自铸新词的诗学抱负。柏桦之“革命”，其意明晰，就是穷尽汉语的各种表达，寻找现代汉诗的无限可能。知天命后的柏桦已无罣碍，去尽诗心之障，熄灭了早年的焦灼与紧张感，以“触景生春”的本领优容出入古今、华夷、雅俗、正邪，让文字有了轻重、寒温、眉目、情意。总之，不空谈概念，不执于理论，要用真正的诗荣耀汉语，让汉语重新发光。谓予不信，可试观《仿古小幅四季屏》，此诗结构之精巧（分春夏秋冬四章），元素之多元（道家的隐逸之美、佛法的空寂、玄学的伤感），语言之混溶（古风的三字、四字、东坡的原句、柏桦式的短句），一而多，多而一，繁复而单纯，喧哗而静谧，让人惊讶现代汉诗竟可如此丰饶地呈现、如此圆融地表达！

柏桦笃信，“返本才能开新”，回到中国诗的源头，才能汲取灵感。四言是《诗经》的传统，现代诗人已不大敢用，柏桦却使之复活，写出了特异的、现代感十足的“古风”，且看：“春阳临窗，宛如民国无事的一天”“临风亭畔，水白池圆，退思”“南酒烧鸭，妩媚江山，隆冬……”四言本易呆板僵滞，一经柏桦妙笔改造，与现代句式重组，那文辞只轻轻荡开，即伸展出陌生化的曲折、混合之美……单单复活语言尚属形而下者，形而上者乃是对古典意味的复活。中国诗学的美感，用严羽的话来说，“大抵禅道惟在妙悟，诗道亦在妙悟，……如空中之音，相中之色，水中之月，镜中之像，言有尽而意无穷”，惟有脱落“我相，人相，寿者相，众生相”乃至“文字相”，才能抵达此境。这对诗人是一个多么严峻的考验！读毕这本诗集，或有人腹诽：柏桦的许多诗简直是“非诗”“怪诗”“不可解之诗”，这些莫名其妙的句子真的可以成诗吗？欲释上述疑惑，须要知晓，柏桦已然感受到文字的局限与极限，索性以游戏之姿运用文字，以种种化身神游人世间，写出了不同的姿色、声相、语调、气息，他的肉身、意识隐匿不彰，他的存在，仅仅是通过文字技巧，让种种光、色、情、欲通过，获得表达，而这也正是他的夙愿，他的成名作即是《表达》。他已不在乎作为凡俗的一己之身，仅有这具肉身、这些思绪，何等的单薄、何等的无聊，只写一己之悲欢，再写也是长河的一朵浪花。柏桦的密旨在于，他懂得“化”，“化”到极致，他是众生，众生是他，也只有以此“无我”之心态，他的诗才能轻盈而恍然地进入“一”，那神秘的诗境、禅境！于是感官消失了，“忽然，我用鼻子激起了这一幕”（《重庆之忆》），时间消失了，“云吞、云吞、云吞/它是什么？金刚经/一秒钟，一个下午”（《一念》），分别心消失了，“蛋黄与蛋白不能分开/波浪与深流不能分开/舞蹈与舞者不能分开”（*To be or not to be*）。柏桦无心参禅，但“艺术家可通神”，写诗本身就是修行，那机锋才下得圆转、泼辣、却又清丽多姿。

“革命要诗”之外，柏桦的“学问”又是什么呢？读者当然不妨理解为诗后的笺注——密密的趣闻、典故、佚史与作者的心曲，它们与诗歌互文，“照花前后镜，花面交相映”，有意让诗意和史思重合、交迭，从点到面，由面而网，犹如“帝网珠”，一珠现一切珠影，一切珠尽现一珠之中，各各如是，重重影现。读柏桦诗，不可不看他的注释，正如读姜白石的词，不可不看他的小序。就此点言，柏桦之诗不纯是文人诗，更是学者诗，对历史和人世有着入微的透视与温情的观照。柏桦之“学问”，又绝不止于掉书袋地用典、袭句，而能以感性的诗意拥抱知性的玄奥，故此，读者不难察见，他是用何等舒徐、优美的诗句笺证了《奥义书》的哲思、禅宗的不可说、胡兰成的理论、张爱玲的超然、蒲宁的伤感、纳博科夫的细密……尤令人惊讶的是，我们完全看不到柏桦之诗类似“玄言诗”的枯燥与说教，因此，这些杰出而用心的“笺证”达到了诗、思完美无痕的融合：冷铁般的哲思与理论，一旦为甜蜜、柔软的汉语诗意所亲吻、触碰（汉语之诗意犹如女性之柔情，最能打动英雄之心），犹如阴阳二气相遇、交融、化育，乃有变幻莫测的织锦般的流云……

“老少年”柏桦在诗中感叹：“一生就这样错过：一棵树，一片云，一杯酒；一条山间细窄白路，一曲灯芯绒幸福舞姿。……是的，肉体多悲哀。错过。书已读完。”不过，我们却应庆幸，这世界还有柏桦的诗，这一次不该再错过。

张枣之“甜”

中国的古典诗，多追求情趣和趣味，海子反对这样的诗歌，他曾说：“把一切都变成趣味，这是最令我难以忍受的。比如说，陶渊明和梭罗同是归隐山水，但陶重趣味，梭罗却要对自己的生命和存在本身表示极大的珍惜和关注。这就是我的诗歌的理想，应抛弃文人趣味，直接关注生命存在本身。”他想做的是，不外乎是在诗歌里注入更多的生命体验以及精神的阵痛。

里尔克对这个问题，有一段长篇大论：

诗并不如人们所说的是感情——感情早就够了——他是经验。为了一首诗的缘故，必须观看许多城市，人和事物，必须认识动物，必须感觉鸟怎样飞，知道小花早上借以开放的姿态。必须能够想得起陌生地区的道路，不期而遇的会晤，眼见要来的别离——想得起还没有搞清楚的童年日子，想得起一定很伤心的双亲，当他们为你带来某种乐趣，而你并不理解他们的时候——这是别的孩子们喜欢的乐趣啊——想得起如此稀罕地传染又如此深重地变化无常的儿科疾病，想得起静静关闭的小室里的日子，想得起海上的早晨，尤其是海，茫茫的海洋，想得起在高空呼啸而过，并与群星共飞的旅途之夜，——想到这一切还不够。还必须记得起许多彼此不同的做爱之夜，记得临产妇的呼喊，记得柔和的惨白的熟睡的已经愈合的产妇。但是，还必须与临终者待在一起，必须坐在小室里守着死者，窗户开着，沙沙声阵阵作响。有记忆还不够，还必须能够忘却他们，如果记得太多的话，还必须有很大的耐性，等待它们再来。因为记忆本身还是不要紧的。只有它们在我们身上变成血液，变成目光和手势，不可名状而又不再和我们区别开来，只有这时才会发生，在一个非常稀罕的时刻，在它们中间出现并从它们中间走出来一首诗的第一个字。

海子和里尔克都看重诗歌的深刻感，关注生命和经验云云，由此，反而衬托出中国古典诗的特质——轻柔、圆润、超脱，用诗人张枣的话概括，就是“甜”。生活的本质是苦的，诗却要“甜”，他写给柏桦的信中如是言：

我们应该坚强，世界上再没有比坚强这个品质更可贵的东西了！有一天我看到一个庞德的纪念片（电影），他说：“我发誓，一辈子也不写一句感伤的诗！”我听了热泪盈眶。

对于屈原、杜甫这些深得“甜”之意味的旷代诗人，张枣深为叹服并奉若精神导师。屈原作《离骚》，处境惨痛，处处哀歌，姿态却极美；杜甫的《江南逢李龟年》，无一言提及时代战乱和个人流离，纯以淡然的口气回忆往昔的繁华如梦，又以更为淡然的口气谈论重逢，不动声色，仅以常见的意象白描，不消说，诗中有不尽的哀感和痛感，内质却是超越性的豁达和通透。生活是苦的，但不可有苦相，孜孜于暴露和赏玩痛苦，这是三流小说家的功夫，不值得真正的诗人去做。诗歌一定要和生活、时代保持距离，如此才有表达的余地，优雅地转圜，巧妙地腾挪，正话正说不如正话反说，规规矩矩不如旁逸斜出。

“甜”亦是张枣的哲学观：在万古的长空、永寂的大地面前，个人的伤感和痛苦不是造作就是滥情，要“迅速地将世俗生活的痛苦转化为高远飘逸的诗性”。这端赖张枣对中国古典诗歌精神的参悟，他认为中国诗歌的最大特点亦是中国哲学的最大优点，就是把极端矛盾、不可调和的东西，处理得十分圆润流转，不会彻底绝望。“甜”，超越了时代的表象、个人的绝望，处变不惊地沉潜下来，将生活与现实的困难、危机转化为诗歌本身的高致优雅。正是由于节制而不是放纵个人感情，才能将不堪的现实转化为美丽的哀歌，而哀歌，就是富有诗意地处理人生的困境。

张枣赞同莱布尼兹“生存不过是一片大和谐”之说，认为这种说法代表了西方哲学的最高智慧；同时，他的慧心更倾向于禅宗的高妙圆融，所谓痛苦、忧愁，恰是颠倒梦想的无明，只有泯灭这些执于一端的“自我意识”，才能缓解个人与世界的敌意，才能消除主客二元紧张的对立，也才能显现宇宙真如的本性——“甜”，体悟到喜悦光明的终极存在，并与之契合为一。这种状态，中国文化名之为“和谐”，在诗歌的层面，张枣将其转语为“赞美”，坚称汉语的伟大就是它的赞美性，中国古代诗歌的“甜”从来就是一种赞美，诗意亦是来自赞美，而非讽刺，而非苦闷，始终保持对“圆润、和谐、健康之境的憧憬”。

汉语是高级的诗意语言，最迷人之处就是它的圆润、流转，汉语的“甜”是一种元素的“甜”，不是甜蜜、感伤，而是一种圆润、流转的文字章法，一种精神维度和思维指向。“甜”是汉语本来的面貌和神韵，柔婉美丽、舒展动人。在“甜”中，天机道心，悠然冥会，意与景融，神与境合，物入我心，我入物身，并天地为一体，化万物成一身。如此，诗便是自然溢出的胸中之妙，自动地从韵府中选取新奇的文字造词遣句，而非徒然地在字句上做排列的功夫。

一旦获得这种圆融的境界，感受和表达无隔，感受即表达，二者同时发生，感知和意念并行，涌出奥妙美好的文字，万相俱足，不假外求。试看：

> 只要想起一生中后悔的事
> 梅花便落了下来
>
> ——张枣《镜中》

这两句诗堪称现代新诗的神来之笔，以常理言，焉有念起花落之理，但王维偏说“人闲桂花落”，人之闲意，对于时光，何尝不是逝去，不是飘零，岂不犹如片片桂花静落；人之闲意，乃无用之时光，比作落花，恰如其分；人之闲意，乃我之倦慵，寂寞无极，无以为侣，遂引发花落，闲意与落花相得益彰，共证色境之空。同样，想起后悔之事和梅花飘落亦可同时发生，此即感知和意念并行并生。“想起一生中后悔的事”乃“念起”，抽象虚无，“梅花落了下来”乃“物动”，具象实在，“梅花落了下来”既是“想起一生中后悔的事”的客观对应物，又是其呼应这种情绪觉知的物化表现。二者能如此反逻辑地联系在一起，以中国文化解，心念发处，感物生发，这正是人与宇宙本体的冥然感应，以此思维，便是“天人合一”，便是物我不二。

正因这跳跃跌宕的诗意思维，张枣相信，汉语的最伟大之处便是“天人合一”，不是二元对立，不是由二元对立产生的深刻感，它所呈现的是甜美、圆润和流转之象。“天人合一”，其要义是“感”，以心感物，感而遂通，粘滞无着，不落苦相，虽明明见得是涩意，却又有流畅圆润在其上，豁达无碍；虽明明觉得是痛感，却又如观他人故事，于己无干。我是我，我亦非我，我是万物，我亦非万物，我与大化并生，亦与大化暌隔，一而二，一非二，游戏三昧，羚羊挂角，无处寻踪迹，却又历然在目。由此可知，汉语诗歌写处境和现实之“恶”，写的是“小我”的狼狈状态，这当然可写，但若沉溺于此，则是自寻无趣，自寻烦恼，故须转念头，转向“大我”，一入“大我”之境，即如咸水归海，只叹浩瀚，不觉其咸。何以故？因“小我”是“大我”的化身，游戏之姿，“大我”是真身，是本源，是无穷的生机，一如“大我”的和谐之境，除了赞美，再无可言。本乎此，才能真正明白张枣所说，赞美无关美学手法，亦非波德莱尔的美丑二元，而是一种呈现，呈现了世界原本的“甜”，原本的“空”和原本的实在与充足。张枣之“甜”，洋溢着感性的快乐精神，它沉默地俯视着世间和肉体的悲伤，却将不竭的美感给了轻盈、上升的灵魂的诗意。

王子猷的风度

“一种风流吾最爱，南朝人物晚唐诗”，这是日本诗人大沼枕山的一句诗，周作人对此极为称道。晚唐自不必言，只要读读李商隐的诗句，便可感受到那种低颓华丽的美；提起南朝，史书所载多是名士的豪奢柔靡，纵情放任，他们沉浸于逍遥的梦境，守着半壁的河山，在山水、醇酒中消磨着浮生乱世。南朝的这种风气，不是凭空而来，南渡后的东晋早已开了先导，那个时代的特质，宗白华先生有过概括：“汉末魏晋六朝是中国政治上最混乱、社会上最苦痛的时代，然而却是精神史上极自由、极解放，最富于智慧、最浓于热情的一个时代。因此也就是最富有艺术精神的一个时代。”由于巨大的动乱，道统不振、王纲解纽，乱世多了些自由的空气，历史提供了表演的舞台，率性不羁的行为艺术家王子猷就生活在这样一个时代。

王子猷，名徽之，出身世家大族琅琊王氏，即“旧时王谢堂前燕”所言之王氏。子猷兄弟七人，他排行第五，父亲乃是大名鼎鼎的王羲之，祖父辈中有东晋的开国功勋王导。司马氏能在江南站稳脚跟，王氏家族出了大力，一时地位煊赫，门庭光耀，民间有“王与马，共天下”之说。与热衷政治的王氏先祖相比，王羲之一脉更有文化气质，艺术成就不凡，任凭书法史怎么写，前排的交椅都得给王羲之、王献之父子留着。相比之下，子猷既无文功，又乏武治，比父亲、弟弟差得远了，此公能为后世所知，端赖他的放诞和怪异，这也是今天我们谈论他的原因。

王子猷的性情不离一个“痴”字。久在尘俗，人难免沾染“应世”之气，心机日益巧妙，城府愈见深沉，如有人抱脱俗之志，存赤子之心，行为高举出众，必为人所訾议，难免落个“痴名”。《红楼梦》里的宝玉，不走仕途，专和大观园里的姐姐、妹妹淘在一起，可不就是“痴”吗！子猷的“痴”千古留名，“雪夜见戴”简直成了名士做派的最佳注脚，遥想他当年超然洒脱的风采，不禁感慨系之。

那是一个漫长的夜，大雪过后，子猷从梦中醒来，打开窗户，命人上酒，四处望去，月色皎然。于是起身，漫步徘徊，吟起左思的《招隐诗》。诗韵饱蘸微醺的酒意，忽然间，老朋友戴安道的面容映在酒杯，寂寞之感如雪的寒意袭来，久久不息。当时，安道归隐剡溪，二人相距百里，谁知子猷起了兴头，就难搁下，于是连夜乘船前往。穿过白雪覆盖的江面，寒气逼人的航船整整走了一夜，将到戴家时，子猷却棹舟而返。人问何故，子猷答说：“吾本乘兴而行，兴尽而返，何必见戴?”就这样，目的消失了，意义消失了，唯有情思如浮云自由飘荡，只剩心性若斑马狂放奔腾，这种过而不访的萧散超脱，真是随性达意，就像清夜渺然传来的歌声，不知为谁而起，也不知因何而止。

雪夜见戴，是饮酒催生的佳话，如今读来，仍可听见那欸乃的航船声从黑暗的江面传来，这则典故也浪漫起来，仿佛氤氲着缥缈的水汽。如果说，子猷与戴安道是旧交，这样的名士作风还不足为怪，那么他和桓伊的一面之缘却称得上离奇了。建康城外的清溪码头，子猷停船暂泊，杨柳新枝依依可人，岸上车马喧然而过，车内一人俊逸不失健朗，子猷一问才知，此人竟是淝水之战中战功卓著的桓伊。桓伊不仅武功盖世，还“善音乐，尽一时之妙，为江左第一”，尤其擅长吹笛。得知这位音乐达人在岸上，子猷忙请人带话给桓伊：“闻君善吹笛，试为我一奏。”桓伊此时虽地位显贵，但因素闻子猷痴名，面对如此唐突的邀请，也不在意，当即下车登船，踞于胡床之上，吹起笛子，“为作三调”（即后世所言之《梅花三弄》）。笛声切切，自杏花疏影里飘逸而出，清越之声响彻春日柔媚的江岸。吹奏完毕，桓伊复又登车，主、客未曾说一句话。风流俊赏的杜牧有诗追缅此事：“大抵南朝皆旷达，可怜东晋最风流。月明更想桓伊在，一笛闻吹出塞愁。”君子之交淡若水，只要气味对了，初见也能交心，不需繁文缛节，更不必虚伪客套，二人以乐会友，互相叹赏，悠长的笛声直抵内心，世界安静了，浩荡的江水流向远方，真正的风雅是简单的，以至沉默成了表白，风月成了背景。

子猷的“痴气”，私心推测，除了时代风气的影响，还有文化遗传的原因。王羲之也是“痴气”满满，他性爱鹅，听说一道士好养鹅，前去购买，道士故意不卖，反说：“你为我抄一遍《道德经》，这一群鹅都归您了！”羲之欣然写毕，笼鹅而归，视为平生至乐之事。子猷在这方面未遑多让，专门记述名人八卦的《世说新语》贡献了子猷的一件“痴”事，语不繁难，引述如下：

王子猷尝暂寄人空宅住，便令种竹。或问：“暂住何烦尔？”王啸咏良久，直指竹曰：“何可一日无此君？”

那位主人想必要哑然失笑了——此君雅好竹子竟到了如此地步，可谓一往情深，痴绝天下。这种癖好世间少见，千载之下，明人张岱堪称他的隔代知音：“人无癖不可与交，以其无深情也；人无疵不可与交，以其无真气也。”子猷之癖、之痴，是他自然流露的真性情，也可一窥他貌似疏狂实则温婉的内心世界。

这样的性情，只可对月吟诗，对竹笑语，最宜把玩心爱之物，忘情山水之间，万不可周旋于现实的世界，更无法要求如此之人走世俗的道路建功立业，当然子猷也不追求在史书里留下几行墨迹。纵使如此，他在人事上的笨拙和慵懒也足以令人惊诧。

他曾为大司马桓温参军，“蓬首散带”，不理府中政事。后在南中郎将、江州刺史桓冲手下做骑兵参军，桓冲问他“署何曹”（在哪个部门任职），回答说：“时见牵马来，似是马曹。”“曹”乃分科办事的官署，当时根本无“马曹”一职，子猷风神潇洒，不管俗事，故意以“马曹”对之，以示清高。又问管几马，回答说：“不问马，何由知其数？”这是引用《论语》里的话，原是说孔子的马棚失火，孔子只问伤了人没有，“不问马”。碰了钉子的桓冲仍有兴趣盘问，又问马死了多少，子猷答道："未知生，焉知死！"此语也有出处，子路向孔子请教死亡之事，孔子回答说："未知生，焉知死。"子猷见机行事，搬用在这里。

面对上司问话，子猷一直用圣人的话做挡箭牌，非常不正经，严肃的教条消解在轻松的调侃中，透着一脸坏笑，完全是玩世不恭的名士派头。谁知桓冲还不死心，兴许想要劝诫整治一下这位不成规矩的部属，于是严词命其理事，这次，子猷干脆直视不答，看着远处，以手支腮，来了这么一句："西山朝来，致有爽气。"这当然是答非所问，不知桓冲听了做何感想。子猷固不敬业，但此语甚佳，一股勃郁的山林之气扑面而来，说话的人不像是朱门大第的阔少，倒像是高卧山中的隐士。

不难看出，子猷从政乃明珠投暗，他的气质根本无法和政治兼容，但由于家族的荫庇，后来居然做到了黄门侍郎，不过本性难移，受不了朝中规矩的束缚，不久就弃官东归了，在山阴故乡度过了散漫的余生。他在房子周围栽满了竹子，平日闲暇，就悠游林下，吹啸咏竹，终于一遂往日之志。

虽然自认旷达自放，子猷却享年甚短。众弟兄中，子猷和献之关系最好，两人连患病都在同时。子猷爱弟心切，曾求方士将自己的余年转给献之，只是天不假年，献之还是先子猷而去。献之卒后，子猷奔丧，不见哀色，径直登上灵床坐下，拿起献之生前所用之琴，欲抚琴为爱弟送行，未料喑哑不调，不禁长叹道："子敬子敬，人琴俱亡！"

在死亡面前，子猷终于暴露出他的真实情感——以前种种，多少有些表演的意味，骨子里，他却哀乐过人，仍是至情至义之人。不久后，这位"卓荦不羁"的名士也归于大化。在他身后，"伪名士"的指责不绝于耳，但无论如何，我们都得承认，他的行为艺术确把任诞率情的风范发挥到了后人无法模仿的极致。

重寻中国人的性情之美

——读薛仁明《人间随喜》

近年来读《红楼梦》，渐渐留意起贾政来了。书中，贾政自制灯谜，“身自端方，体自坚硬”云云，谜底为砚台，以此物咏志，借以自况，对贾政而言颇为贴切，他行事正统，律已甚严，完全担得起“端方”之名。奇怪的是，大多数读者并不喜欢贾政，这位“谦恭厚道”的政老爷人品不坏，缘何这么招人烦厌呢？思来想去，贾政的性情大有问题，通览全书，贾政既无能又孤独，儿女亲人相聚谈笑，他一出现大家就敛声屏息，顿感索然无味，贾母常不得不“撵他出去休息”。对此，清人涂瀛评论贾政“迂疏肤阔，直逼宋襄，是殆中书毒者”。

那么，贾政中了何种“书毒”呢？原来这位官居工部员外郎的政老爷“自幼于花鸟山水题咏上就平平”，于怡情悦性文章上更是生疏，诗词曲赋他当是不读的，为求仕途经济，所读之书不外乎宋儒之理学或被极意曲解的儒家经书吧。宋儒道德感极为强烈，南渡以后，理学家们危亡之心日炽，森严礼教，大谈心性，严肃有余，紧绷过度，到头来却于大事无补，只落得儒生抱着小皇帝投海的惨剧。道德不是不能谈，然须有好的性情相辅，尚需配以大的胸怀，否则就流于虚饰空华，唯知以大义责人，反增加生命负担，就像贾政整天端着道德的功架，岸然自负，迂腐古板，没有人情味，令人亲近不得。

素来关注文化重建的台湾学者薛仁明，感于“贾政式”人物日见其多，遂写《人间随喜》一书来重寻中国人的性情之美，直入生命本真的情境。好性情远离生命的枯槁，如烂漫春意盎然于红杏的枝头，自在喜乐，如勃然生机初发于翠竹的嫩笋，鲜活坚韧。中国人自有好性情，只是忘记了归路，认他乡为故乡，执迷彷徨，薛仁明意在为民族的性情招魂，“找回那一张张中国人该有的脸”。

“凡人处世，惟当常寻欢喜。欢喜处自有一番吉祥景象。”说这番话的是康熙皇帝，他自幼于圣贤之教耳濡目染，方能道出中国文明的通关密码，“做事勿太苦，待人勿太枯”，既得人身，就要对人世生出欢喜心，不可有苦相，一落苦相就已是不吉了。试去翻翻儒释道的典籍，孔门颜回居陋巷不改其乐，庄生妻死鼓盆而歌，释迦讲经后大众欢喜奉行，哪里有愁苦的影子，哪里让人化不开、放不下呢？即使那位主张全盘西化的胡适之先生也不染思想革命先驱的端然忧色，永远春风满面，温煦和蔼，薛仁明眼光独到，说胡适之的气质乃是“不酸不腐且温柔敦厚的最好的儒家气质”。相比之下，我们今人反倒颓然若丧家之犬，忧郁焦躁，惶惶然不知栖止，薛仁明的书来得及时：重新关照生命性情的时候到了。

须知我们是诗的民族，中国人的性情有了诗方可有余裕从容。关于这一点，薛仁明体悟尤深，谈得最妙，“诗，是中国人的开豁与解脱，‘诗的意识’，是放得开，宕得开；是眼前当下，一切俱足”。礼教易流于形式，诗教恰起补足之用。不学诗，无以言，正因为有诗，中国人才不拘隘逼仄，物与神游，悠然天地之间，深宏阒远，不纠缠细枝末节；正因为有诗，中国人才能忘却机心，志于道，游于艺，不在意事功之成败；也正因为有诗，中国人对美才格外敏感，一兰一草，一竹一石，亲敬无隔，皆成其为好，暮晚，落日照惊鸿，欲辨已忘言，重重亭阁，余不尽的光阴以资徘徊。

性情之正，在调伏其心。古人言，谦和立身、安详处事、涵容待人、洒脱养心，这些调心之法当为今日躁郁时代一剂良药，可惜读书人不愿在此用力，也不愿担荷教化之责。薛仁明不客气地批评道，两岸的读书人普遍陷于学理概念，执于道德理想，“比一般人容易焦虑，容易不安”。这些读书人或大织学术毛衣，一味敛束清肃，有秋杀无春生，或从事文学创作，耽溺阴郁情调，有自怜而无清宁，自性不明，自身不安，何谈启发民智，遑论予人慧命呢？

职是之故，薛仁明《人间随喜》以自受用的经历，提醒我们补修中国学分，着意人生修行，将“错失的中国传统再度绾合起来”，使生命的自信、厚实与安稳成为可能，如此，中国人的性情之美将会再度重现，“路上有景致，人家有笑语”的文明之境离我们也就不远了。

沈复的幻象

为了纾缓大家庭生活带来的压抑感，乾隆四十七年（公元一七八二年）七月，沈复夫妇移居苏州金母桥东的荒僻之地消暑。这里原为明末张士诚王府废基，景色清丽，“绕屋皆菜圃，编篱为门。门外有池约亩许，花光树影，错杂篱边”，更可人者，屋西有瓦砾堆成的土山，可供登高远眺，颇有野趣。在此客居之地，远离了大家庭的人事繁杂，沈复和陈芸深得居家之乐：

> 时方七月，绿树阴浓，水面风来，蝉鸣聒耳。邻老又为制鱼竿，与芸垂钓于柳阴深处。日落时登土山观晚霞夕照，随意联吟，有“兽云吞落日，弓月弹流星”之句。少焉月印池中，虫声四起，设竹榻于篱下，老妪报酒温饭熟，遂就月光对酌，微醺而饭。浴罢则凉鞋蕉扇，或坐或卧，听邻老谈因果报应事。三鼓归卧，周体清凉，几不知身居城市矣。篱边倩邻老购菊，遍植之。九月花开，又与芸居十日。

这段恬然自乐、诗酒欢娱的生活虽然短暂，却给了沈复一个幻象般的小世界，一个藏匿自我的温暖子宫。更为浪漫的是，陈芸设计了以后的生活：种植果蔬以供薪水、夫画妻绣以为诗酒之需。沈复对此当然极为向往，这一田园生活的梦想，召唤并诱引着他去营建能够容纳他们闲情乐趣的微型山水。

李笠翁言：“幽斋磊石，原非得已。不能致身岩下，与木石居，故以一卷代山，一勺代水，所谓无聊之极思也。然能变城市为山林，招飞来峰使居平地，自是神仙妙术，假手于人以示奇者，也不得以小技目之。”明清以来，繁华的苏州遍布构筑精致的私家园林，这种返归山水的时代风气为沈复提供了灵感和动力。《浮生六记》极写夫妇二人营建小世界所花费的心血，在此过程中，他和陈芸也得到了无上的意趣。因财力支绌和条件局限，沈复只能对有限的空间格局稍加变化，“其间台级为床，前后借凑，可作三塌，间以板而裱以纸，则前后上下皆越绝，譬之如行长路，即不觉其窄矣”，最大程度地扩大了小世界的空间感。他们还修剪盆景，以叠石为假山，栽种花草，甚至在山中扫墓时亦不忘携来带有山峦纹理的小石头，在宜兴窑出产的长方盆中堆叠成美丽的假山。为让插画盆景更具野趣，他们捉来蝉、螳螂、蝴蝶之类，“以针刺死，用细丝扣虫项系花草间，整其足，或抱梗，或踏叶”，宛然如生的虫类静物制造了一种虚拟的田园风光，虽然逼真，仍归幻象。沈复制造幻象的积习可追溯到他的童年：夏天，他将嗡嗡作响的蚊子视作空中飞舞的群鹤，设法将其留在蚊帐之中，在外面喷烟，群蚊向着烟的方向疾飞并不断鸣叫，这时，少年沈复制造了白鹤鸣叫于云端的幻景。幼小的沈复颇具“神与物游”的能力，神驰于眼前之物，“于土墙凹凸处、花台小草丛杂处，常蹲其身，使与台齐，定神细视，以丛草为林，以虫蚁为兽，以土砾凸者为丘，凹者为壑，神游其中，怡然自得。”

对沈复来说，小世界和微型山水是心灵自由的幻象，也意味着与外部世界的紧张对立。在这层意义上，沈复不乏知音，最有名就是前辈文人冒襄，在“马嘶草暗”的大乱之后，于优雅的水绘园中构筑了一个极声色、诗文、山水之盛的世外桃源，一面以“遗民”自居伤逝悼亡，绝离于清政权的征召与笼络，一面缅怀着在胡尘中渐远的金陵残梦，秦淮河的桨声不时回荡在耳边。《红楼梦》中的大观园干脆成为隐秘的象征，它是贾宝玉和周围一群女孩子唯一有意义的世界，与肮脏和堕落的外部世界隔离开来。沈复的情况也如此，即使在最狼狈的时候，他仍不放弃世俗生活的原则：“有四忌：谈官宦升迁、公廨时事、八股时文、看牌掷色……有四取：慷慨豪爽、风流蕴藉、落拓不羁、澄静缄默。”他真诚地沉溺于自己所建造的小世界里，并将一生最值得追忆的快乐尽皆寄托于此。他的闺中之乐与微型山水映衬，增益了这对夫妻浪漫的兴味：二人于临窗的长廊谈诗论文、以射覆之戏聊助酒兴、在一尘不染的萧爽楼与诗人、画家朋友们吟诗作对……这个小世界本质上是一种逃避，但逃避的是外部世界的敌意，绝非生活本身，他想要的仅仅是回到家庭和田园生活中去。

鲁迅论《红楼梦》提及贾宝玉时时与“无常”觌面相遇。这位贵公子对“无常”的存在和毁灭的必至有着清醒的认识：“悲凉之雾，遍被华林，然呼吸而领会者，独宝玉而已。”沈复亦如此，命运的悲音时时响起，快乐的“烟火神仙”的生活只不过是巨大不幸的前奏，迂缓的、逸乐的、悠闲的时光不过是人生风暴来临前平静的旋涡。

沈复不止一次地告诉读者，命运已经给了他很多次暗示，他已经做好了迎接痛苦来临的准备。当初见陈芸时，沈复惊叹她的才思隽秀，却又“窃恐其福泽不深”，爱慕她的“眉弯目秀，顾盼神飞”，却又发现佳人“唯两齿微露，似非佳相”。沈复对陈芸的命运始终有惴惴不安之心，“索观诗稿，有仅一联，或三四句，多未成篇者”，预言“夭寿之机此已伏矣”。更为不祥的玄机出现在一个美丽的七月之望，沈氏夫妇备酒小酌，拟邀月畅饮，陈芸祝以“月轮当出”为白头偕老之象，荧光万点，联句遣怀，调笑细语，静待月出，后至一轮明月涌出，却“忽闻桥下哄然一声，如有人堕”，毛骨悚然中急入房中，陈芸已寒热大作，沈复也继之以病，自述“真所谓乐极灾生，亦是白头不终之兆”。这次不祥的征兆在沈复的心中投下了长久的阴影，小世界的笑语与欢洽不过是自欺欺人的幻象，“白头不终”之谶像一道命运的裂缝，时刻提醒着沈复为欢不长的时日。

在外部敌意不断的入侵下，沈复的小世界慢慢地坍塌了，失欢于父母亲族、游幕的颠沛流离、家庭经济的窘迫交织在一起，明白无误地证实了小世界的岌岌可危，陈芸的生病与死亡让这一悲剧达到了高潮。陈芸一向不得翁姑欢心，即使生病之后，仍对其“憎恶日甚”，至于病重时换水索汤，更令“上下厌之”。处此恶劣的人际关系中，加之沈复连年失业，陈芸不得不为人绣《心经》贴补家用，为赶工期，昼夜不休，致使腰酸头晕，“岂知命薄者，佛亦不能发慈悲也”。其后，陈芸再次被逐出家门，漂流在外，最终客死扬州，魂归离恨。

陈芸一死，沈复的小世界也幻灭了。如此悲惨的结局，沈复归结为“情痴”太过，致遭天忌。当两人精心营造的盆景为争食的猫连盆带架顷刻破碎时，沈复堕泪叹息“即此小经营，尚干造物忌耶”，他似乎感到冥冥中存在一种力量，对人生和命运起着平衡的作用，繁华必归落寞，恩爱必致仳离，从不肯轻易维持美满的局面，顺遂世人的心愿。陈芸的病榻遗言未尝不是沈复所思：“若布衣暖，菜饭饱，一室雍雍，优游泉石，如沧浪亭、萧爽楼之处境，真成烟火神仙矣。神仙几世才能修到，我辈何人，敢望神仙耶？强而求之，致干造物之忌。”优游山水的生涯尚且不能久远，那么对感情的痴迷就更飘渺无依了，陈芸因恋慕憨园而发血疾，沈复因痴情陈芸而空余长恨，皆可印证“情深不寿”的奇诡真理：“世间夫妇，固不可彼此相仇，亦不可过于情笃。语云：‘恩爱夫妻不到头’。”

沈复一直强调，小世界的毁灭和他无关，是造物的力量摧毁了一切，他的痴情不过是加速了毁灭的进程而已。他成了一个安静的旁观者，已知种种不祥，所发生的一切只是悲剧预言的实现，已知幻象不真，只是期待美景和温情能尽量延长，可惜这仍是不切实际的幻想，色境之为色境，就是因为它生灭迁流、刹那不停，无可常住，犹如电光、瀑水、幻梦。

在最为欢好的时刻，沈复和陈芸发愿来生再结为夫妻：

> 余曰：“来世卿当作男，我为女子相从。”芸曰：“必得不昧今生，方觉有情趣。”余笑曰：“幼时一粥犹谈不了，若来世不昧今生，合卺之夕，细谈隔世，更无合眼时矣。

这段戏拟来生的爱情誓词感人肺腑，但无论如何情深意重，它终究是幸福之际的空想，“若来世不昧今生”，一个“若”字写出了沈复的犹疑和心虚，他无法肯定死后的世界如何，更无从肯定来生是否仍能相聚。陈芸的死，完全打消了沈复任何关于来世的念头，哀痛已不容他对来世有美妙的幻想。当所有的一切都成陈迹，不仅来生之事不可预期，就连今生这段奇缘艳情也注定会消失殆尽，那么，沈复写作《浮生六记》实为一种深情的挽留，挽留与陈芸共度的时光，以不负闺中良友。这种写作的心态依然使人想起《红楼梦》作者的写作缘起："今风尘碌碌，一事无成，忽念及当日所有之女子，一一细考较去，觉其行止见识，皆出于我之上。……闺阁中本自历历有人，万不可因我之不肖，自护己短，一并使其泯灭也。"《浮生六记》乃招魂之书，为陈芸招魂，为已失去的小世界招魂，在笔墨之间与旧时光悠然相逢，再次进入幻象，重温仙仙欲死或痛苦不堪的过往。

陈芸死后，沈复无法从小世界中解脱出来。更清楚地说，他无法从自己的心念中解脱出来，陈芸、微型山水、小世界，都是围绕他所建立的幻境。唯一可抚平心绪的是，在《浮生六记》里，沈复实现了完全的自主，按照自己的心愿重建了失去的世界，一个更为隐秘、巨大的幻象。

凡·高在博里纳日

——读欧文·斯通《凡·高传》

一八七八年，作为布鲁塞尔福音传道会的传道人，文森特·凡·高来到博里纳日传道。此前，他经历了人生中的几次重大失败：向少女厄修拉求婚遭拒，被古皮尔公司解雇，考取神学院的计划也放弃了。此次来博里纳日赴任，他重新获得一种庄严的使命：在人间做些实实在在的事，以荣耀上帝。令他始料未及的是，一年后他发现，此行的失败比前几次更加彻底，更加绝望：他来时上帝尚在心中，离开时上帝却已死去。

博里纳日是比利时南部的一个煤矿区。初到此地的文森特，站在矿山上，看到一排排静寂无声的简陋屋棚——矿工们都在地下七百公尺深处的迷宫，他们醒来后的大部分时光都在这里度过。在污浊肮脏的黑暗中，瓦斯爆炸、进水或塌方随时都在吞噬着那些浑身黑乎乎、满是煤灰的生命。这些甚至不能习惯阳光的人，大多“个子不高，驼背窄肩，骨瘦如柴”，他们透支着生命，换取微薄的工资，以便能继续透支生命，如此循环往复，直到在矿难中死去，或被矿主们压榨完身上的最后一滴血汗。文森特所要拯救的人群，正是这些面呈菜色随时站在死亡边缘的人。他们面对生存的痛苦和残酷已然麻木，上帝离他们太远了，文森特来此正是要把他们重新带回上帝的身边，让他们重沐上帝的仁慈和温暖——这是文森特所梦想的使命，一个伟大而崇高的使命。当文森特深切地了解到他们的苦难时，他似乎更加确定了心中的这一想法：是的，他必须把上帝带到这些不幸的人的身边，让他们忘记所遭受的苦难。不过，这些苦难实在太多了，正如一个矿工对文森特所描述的那样：“在博里纳日这儿，我们比奴隶还不如，简直成了牲口。凌晨三点，我们就下到马凯西矿井底层，一直干到吃午饭时才能休息一刻钟，然后一口气干到下午四点。先生，井里又黑又闷，干活时只好光着身子，那里的空气尽是煤灰和毒瓦斯，让人憋气极了。运煤过巷道时，不能直着身子，只能爬着或把背弯得低低的。不论男孩还是女孩，八九岁就不得不下井了，二十几岁就得了热病和肺病。如果没有被瓦斯毒死或在罐笼里摔死，我们也许活到四十来岁，然后听任肺病折磨而咽气。”

这些矿工犹如一群可怜的工业奴隶，蚂蚁般在矿井里外进进出出。拯救他们的灵魂注定是艰难的。为此，文森特煞费苦心地挑选讲道的经文，他按《圣经》上所宣扬的“忍耐”“谦卑”“顺从”来感化这些悲苦劳累的工人们。然而上帝不能提供面包、牛奶和医药，那些温暖仁慈充满睿智的话语，也丝毫不能拯救那些受饥饿折磨而濒于绝望的心灵。

文森特意识到除了传播经文，他还必须另外做些什么。

每天，他像一个医生一样，挨家挨户探访矿工们，为他们带去点牛奶和面包。他所在的小瓦茨梅村，几乎每一家都得到过他的食物和安慰，每个病人蒙他照料并与他一起祈祷。天国降临的诺言并没有如约实现，矿工们却从文森特的身上看到了耶稣基督的降临。

两个月后，为了真正了解博里纳日，文森特决定到矿井深处看看。我无意详述文森特这次下到地层深处的经历。关于矿井深处的景象，已故作家路遥在其小说《平凡的世界》有过触目惊心、入木三分的精彩描写，尽管他是用赞美劳动者的眼光去打量这一切的。在文森特看来，矿井深处是一个可以触摸到地狱之门、听到撒旦狂叫的地方，是一个在黑暗中窒息而死的所在。路遥在《平凡的世界》里只写了一次矿难，而实际上在没有或缺乏安全保障的地方，矿井内外几乎每天都可以听到悲惨的号叫和伤心的痛哭。对地上的人们而言，那个地下世界仿佛太过遥远。

当罐笼升到井口，文森特穿过大雪覆盖的院子，微弱的阳光也使他觉得眼睛发花。他仿佛刚刚经历完一场噩梦。他第一次知道：原来上帝竟让他的孩子们在这样的地方被如此地奴役！此时，这个刚从地狱归来的人充满了对黑暗的诅咒和对同类的哀悯。

文森特忽然感到自己是一个可耻的人。当别人在受难的时候，他究竟在哪里？他遵照《圣经》的旨意，向工人们鼓吹“贫困乃是德行，苦难乃是忍耐”。矿工们食不果腹，衣不蔽体，时时有生命之危，自己却穿着体面的衣服，睡在松软暖和的床上，一顿饭的花费抵过一个矿工一周的伙食费。那他还有什么资格夸夸其谈地向矿工们布道呢？一些人在受苦受难，而自己却衣食无忧，他可以向那些受难的人传布福音吗？主的仆人能够避免良心上的谴责吗？代主拯救世人的光荣使命会不会因此而变得虚伪可笑呢？文森特面对这一切坐立不安。

文森特走向了受难之途。他从房东丹尼斯家搬出来，住进矿工们的简易屋棚。他睡在地上的草堆上，食物只有面包、酸酪和咖啡。至少在形式上，他是矿工中的一员了。他有权向他们宣讲《圣经》了。就这样，他被矿工们完全接纳了。

受难的同时，也是拯救的开始。保罗·高更在《记文森特》中写道：“文森特说，你能看到，一个矿工的蜡黄前额上的鲜红的累累伤疤——殉难耶稣头上的光轮，荆冠的锯形齿标志。”文森特满怀耶稣为世人受难的情怀，打算以此拯救那些遭受苦难的羔羊。他把自己能给的东西都给矿工了，并把自己的时间也奉献给那些生病的人了。在生存和死亡的双重压迫下，《圣经》已成为工人们无从享受的奢侈品。他只有通过对自己的剥夺和虐待来向耶稣基督靠近。为此，他赤脚奔走在阴郁昏暗的矿区，衣发蓬乱，满脸煤灰，而那双因焦灼而迷乱的眼睛却在寻找能帮助的人——比起阐释或发挥《圣经》中的某一段教义，这或许来得更为实际和有效。

一八七八年四月，博里纳日天气转暖，冰雪融化，热病也开始退去。文森特兴奋地向矿工们宣告“最苦难的时候已经过去，主对你们考验过了，知道你们是忠诚的”。几天后，马凯西煤矿发生矿难：五十七个男人和孩子永远留在了那个黑色的世界。这是足以影响文森特拯救历程和拯救心态的一次灾难。迷惑不解甚至深刻怀疑一起向他涌来，这是一个事实：上帝根本无法对身陷“黑色埃及”的子民们施以援手。整个马凯西煤矿沉浸在难言的悲伤和无比的愤怒里。就在文森特为死难者做追思礼拜的时候，从布鲁塞尔福音传道会赶来的使者宣布：终止文森特在该区的传道使命。理由是，文森特破烂的衣着和乖张的举止让教会的尊严和天主的伟大丧失殆尽，他们认为这样一个丧失理智的人无法再为教会和上帝工作。

失掉传教使命的文森特万分痛苦地劝告罢工的工人复工，重新接受奴役，因为他看到在矿主和工人的斗争中，矿工根本没有任何胜利的希望，最后的结果只能是煤矿倒闭，工人们活活饿死。即使复工，羔羊们依然无法逃脱被宰割的命运。文森特拯救的使命已经被剥夺和放弃。他本人也陷入对上帝和福音书的绝望中。《圣经》里的上帝无法拯救矿工，现在甚至无法拯救文森特本人的心灵。上帝终于死了。他失去了上帝，也失去了自己。他现在要面对的是如何拯救自己。绝望是对自身困境的无能为力，现在那个召唤迷途羔羊的上帝都已经死去了，拯救或仅仅是对于自我的拯救又如何完成呢？《圣经》所提供的救赎的道路已经宣告失败了，他必须重新寻找一个上帝或创立一种自己的宗教。这是文森特所要面临的“生存，还是毁灭”式的抉择。这是一次心灵危机，也是一次灵魂转向。

在经历了绝望的煎熬和折磨后，具有浓厚艺术气质的文森特拿起铅笔画下了第一张博里纳日矿工的素描画。从此这只手就再也没有停止过对线条和色彩的追求，而他笔下的人物没有贵妇、小姐、富商的形象，那些画的主人公始终是矿工、农民、织工、妓女等卑微平凡的人物。挥舞的画笔，其实是文森特变相和隐秘的另一种拯救，而此时拯救的对象则发生了易位——仅仅是对于自己的拯救。他在宗教拯救的道路之外，寻找到一条崭新的拯救之路：他必须画一幅画，因为除此之外他再无别的事情可做。在给弟弟泰奥的信中，文森特如此自道：“我想做真正的基督徒，他们就认为我是疯子。因为我不想让不幸的人们那样不幸，他们就像对狗一样对待我，说我给他们丢脸。我不知道自己还能干什么，在那些最可怜的屋棚里，在那些最肮脏的角落里，我看出某些素描和绘画。”他必须把心中的绝望、悲痛、孤独以及无路可走的迷惘用某种方式表达出来、倾泻出来。先前拯救矿工的灵魂已告失败，自我救赎现在开始了。

对于文森特来说，还有比绘画这种救赎的方式更适合的吗？“矿工们和织工们仍然是劳动者的一个组成部分，我对他们有着深深的同情。如果某一天我能把他们描绘出来，那我将非常幸福。”在经历了幻灭的绝望里，文森特·凡·高重新开始了新的拯救之旅——这一次只是对自我的救赎，不涉他人，唯有如此才能抵挡终极虚无的叩问。这个“带着高尚、严肃和亲切的同情心去爱、带着理智去爱”的荷兰人终于拿起了画笔，在这条坚定不移的信仰之路上继续前行了。此时距这位天才画家发疯自杀尚有十年。在此后的十年中，面对世人的偏见和嘲笑，凡·高自始至终在心底坚守对艺术的信仰，其动力正是源于博里纳日那次失败的拯救以及由此重新确定的不再动摇的自我救赎意识。

“到处都是故土，或者到处都是祖国。于是我没有在绝望中沉淀，而是（就我所及的能力）选择了积极的忧郁，换句话说，我选择了那样一种忧郁，它在静止和悲哀的绝望中希望着、渴望着、寻觅着。”当我读着文森特·凡·高的这些话，心中已不知所想。一百多年前，那个又高又瘦的荷兰人一次次坠入疯狂和绝望，他所选择的正是一条用艺术拯救自我的不归路。向日葵在阳光里燃烧殆尽，静静诉说着一个令人痛心的真相：一切拯救不过是徒劳。

二〇〇五年二月二十日

漫谈录

儿童，年轻女人（尤其美貌者）宜于荡秋千。男人、老年妇女荡秋千，则觉骇目，总觉诸般不宜。

现代人已陷溺在精致的自我里，这包括美宅、香车、丽衣、高科技。只有坐在马桶上，或躺在病床上，才会感到自己的局限和卑俗。

活得长有什么好处？答曰：能够翻译完《莎士比亚全集》。朱生豪只活了三十二岁，而梁实秋活了八十四岁，尽可从容地完成他的名山事业。

从人性的角度出发，许多事情迎刃而解。

中国人喜欢看《红楼梦》，原因之一是该书提供了大量复杂的人际关系的模板，供读者猜测、揣摩、借鉴。

读《红楼梦》，无论怎么读，还是喜欢林黛玉，因为她单纯。单纯最能打动人心。

觉今是而昨非，日日新，直至洗尽铅华，逼近本真。圆熟，不足称羡，为人则世故，为文则俗滥，总有股涩意才好。涩意，面对的是未知之境，新鲜而不陈腐。

袭人是世俗男人最理想的女人：母性、妻性、奴性俱全。袭人有着“姬妾式的温柔”（张爱玲语），最乖巧，最会伺候人。

忧患弥深，何有拣择，英雄每于此时开出新运。

“诚”，不欺心之谓。心若为私欲所蔽，即不诚。至诚如神，心不为外物所转所动。行有不得，反求诸己，诚己才能成物。

人唯在精神，否则便如行尸走肉。精神振拔，才能勇猛精进，所谓“志率气”。

以财骄人，以势骄人，以学问骄人，君子所不取焉。君子一无所恃，如谷空虚。

英雄气短，乃因儿女情长。儿女情长，做不了真英雄。真英雄，心如止水，心如枯井。心底无私天地宽。

那丰腴的肉身归于枯朽，乃使我读懂《齐物论》，薄皮所覆的美呀。

有入世的深沉、出世的洒脱、玩世的喜感，人生庶几圆满。

内心丰富的人像一条泥鳅，让人不知从哪里下手。

形迹易消，心迹难除。盗贼扔掉了白手套，逃得无影无踪，但他心里知道自己是贼。王阳明教人致良知，即从心上行。毓鋆老先生活了一百零六岁，人问长寿秘诀，答：“我一生问心无愧。”

男女长久相处而不仳离，无非“情投意合”四字。情投是感情和谐，意合是互相理解。情投是异性的吸引，意合是相知的愉悦。婚姻幸福之道，不以利合，而以意合。意合，是知己的层面，能接受彼此的差异，能理解彼此的处境，能有共同的志趣（价值观相近）。能“意合”，则能克服一切，相守一生。

中国人天性喜欢热闹，让他们像西方人那么肃穆，人生便无趣味了。于是，我们放鞭炮、吃饭时声震天花板、热衷于集体相亲、集体婚礼。

人算不如天算。神奇的历史之手，总能化私为公。隋炀帝挖运河，初衷为了享乐，却成了贯通南北的“龙脉”，千年以下，犹赖其利。

什么是顶峰？遇到了，你要绕道走，因为高不可攀。唐诗是诗歌顶峰，《红楼梦》是小说顶峰，如果创新，必须独辟蹊径，否则即使达到他们的水平，又有何益？世界上最可怕的是重复，文学尤其如此。学得越像，死得越快。

《论语》可以浅，可以深，全在是否应机。“人不知而不愠”，童子皆知，却是圣人境界。别人说的话，不解己意，不合己意，此谓“人不知”，自己却不生烦恼、没有委屈，此谓“不愠”。“不愠”不是强压怒火，不是迟钝木讷，而是以欢喜心忍辱，以无我心应对。凡有一丝一毫不情愿，凡有一丝一毫欲辩心，皆非“不愠”。人是情绪动物，难免被别人的话带动，尤其容易嗔怒，伤人伤己。这样看，“不愠”也是一种宽容，一种心量，一种修为——你当即原谅了那个说话的人，这何尝不是慈悲心。所谓君子，正是有这样的风度。

无困惑，则无表达，故孔子述而不作。

反求诸己，薄责于人。有求即苦，无欲则刚。

举凡经书、圣典，无非药方，医人之病，若只读药方，不肯服药，病岂可愈？

“道”之意义，在于人“行”。

孔子不无失望地反问：礼乐就是玉帛、钟鼓吗？礼乐有形，也无形。礼在敬，无敬则是虚礼，敬在心者方是真“礼”。乐在“和”，内心和悦，养喜神，去杀机，令人有如沐春风之感，此为“乐”的真义。礼乐文明，不仅在形迹，更在于与人心的相应。

凡作文、为艺，若有一丝依傍，一分芥蒂，某种目的，则笔下不能尽其恣意，心中不得畅其郁怀。天才者，能尽己尽性之谓，反之，畏首畏尾、瞻前顾后，虽有所成，亦成病梅之态，有曲致而无舒展。试观鲁迅文与李白诗可知其中缘由。自由之义，乃在心灵，心若如如不动，忘却世间教条，不留分毫渣滓，便可大获自由，一切言语、姿态、意兴便可由此流出，无往而不达，尽兴而无憾。

“礼”即是“隔”，通过仪式、衣着、动作来区分贵贱、尊卑。“礼”亦可区分亲疏，关系越近，越不用讲“礼”，反之，越要客套、越要寒暄。

不忘初心，“念念不忘，必有回响”。初心如种子，若一直涵养，自会开花、结果。

人最怕没有安全感。什么是安全感？凡有秩序，即是安全。有秩序，意味着能控制，能控制，就会感到安全。人有控制欲，乃是因为追求安全感。

儒家最受皇帝欢迎，何也？能够提供完整的秩序。刘邦不喜欢儒生，却感谢叔孙通，后者制作礼仪，让他尝到了做皇帝的乐趣。乐趣从规矩中来。没有规矩，不仅做皇帝没劲，连下棋也无聊了。

人情练达即文章。洞悉人情，易；随顺人情，难。

真正的自由，乃是知道自己和他人的局限。

看得破，忍不过。事到临头，才见本色。空口豪言，不可当真。

一山起火，有鸟救之。人问其故，答曰："久居是山，不忍弃耳！"所谓爱国情感，大率类此。

殷海光、方东美死于癌症。常人如此，无可厚非，偏偏两位都是哲学家，"斯人也不可有斯疾也"！

中国文化之精义，在于"禅""易""机"，一言以蔽之：要灵活，勿僵化。其当代表述为：实事求是，一切从实际出发。

花美不自知，有镜才知美在何处。西洋文化之镜，映出华夏文化之美。花镜两相悦。

我辈何幸，有此"全球化"之机遇，睹面西洋文化，中华文化之花枝又伸出枝杈，发出花苞。

以清朝之僵滞，而有《红楼梦》，文化生生不息，千年莲子亦可萌一脉清香。

不呆在书本上，不呆在文字上，不呆在服装上。雪芹非汉家衣冠，谁言《红楼梦》不得中国文化之正？文物衣冠常坏，文化精魂不死。

历史从未死去，历史就活在我们身上。

中国文化乃一段精魂，非器物、非文字，它是游移的云，你能“感”，它就化作甘霖，注入你心田，丰沛莫能御。

文化有两个作用：一是保持民族身份，二是帮助人们不断适应变化的现实。故此，不可忘本，也无必要复古。

文化何为？建立主体意识，让人知道“我是谁”。有文化的延续，人才不是精神上的“流浪儿”。否则，即便有金山银山，也不过是行尸走肉。

审美是文化的最高层面。

白话文也美，文言在其中，现代性在其中。文言之美不会消失，早已化为了滋养白话的泥土。同样，古华夏的文明没有也不会消失，它在复活，以崭新的形式，必将更加丰富华美。

台静农书句：“烂漫晋宋谑，出入仙佛间。”上句写魏晋名士的洒脱无羁，次句“出入仙佛间”尤妙，仙人的清福与诸佛的悟境，都有了，可谓“福慧双修”。

儒笃定，道飘逸，佛清醒。纯儒拘谨，纯道放浪，纯佛清寂。杜甫儒，李白道，王维佛。苏轼集于一身，才博大。

读经读什么？非关字句，要在器识、风度、美感。读成冬烘、遗老，何益？读经，要开智慧，头脑愈加明白，非徒为记诵。记诵之能，谁如数据库。经典者，玩味沉潜，以生命、生活印之，可矣。

吾友王羲烈言："一言以蔽之，国学课，就是在学习属于中国人的特殊的信仰与价值观。"此言道出了国学的真价值。训诂、名物、考证都要为此服务，国学无非延中华文化精神于当世。

陆九渊："收拾精神，自作主宰。"万物皆备于我，有何欠缺。

明代李贽自题对联："诸葛一生唯谨慎，吕端大事不糊涂。"细节和大方向都照顾到了。

录古语："行止无愧天地，褒贬自有春秋。"读之振奋人心。

录禅门语录："大士体空而进德，凡夫顽空而退善。"此语可对治狂禅之弊。

庄立华先生言："从手艺较容易让领悟到'感'。""感"的确难，因为"感"是对当下情境的反应，不落概念、抽象、逻辑，自在自为，进入"感"即是进入道。"感"是第一步，也是最后一步。诗之所以是文学之王冠，其因乃在诗全靠感受力。即便哲学，若无诗情，也不可爱。

"日日新"。不是每天有变化，而是每天有发现。熟视无睹最可悲。在日常生活中看到诗意，亦是一大本领。

诗意，往往不堪一击。野蛮、粗俗才有生命力。最会写诗的皇帝是李煜，偏偏也是最懦弱的亡国之君。

近读毓鋆老先生书，感其留心齐家之道，如谈夫妻、家庭："一个人如果有细心的老伴，乃是这辈子的福！找一个爱你的，则你什么都不必说，对方就会为你准备周到。人生就是大学问，人贵乎有一愉悦的人生，要建立一个快乐的家庭。”世风如此，几人能够？唯其不易，故要努力做到。不仅女子守贞，男子也要守贞。守贞是最大的深情，生死不二，一心一意，如此齐家之道至矣。华夏自有至道，维系不衰，为家庭负责任，即为国家负责任，岂可忽乎哉！

永远是言不尽意，故应得意忘言，得鱼忘筌。但也不要因此否定语言，只要感受到它的气息，循此以入，浑然忘情，便可知语言与生命并无隔阂。汉语之于生命，有天然的熨帖，它的意象性，混沌恍惚，迷离之中，与心契合。在严密的逻辑里，找不到诗意。逻辑乃是理性，诗情却是直觉，无须推理。用脑、用智，莫若用心。

“返本开新”，回到源头，汲取力量，进入传统，获得智慧。智慧无新旧，唯在善用。返本不是为了复古，而是再次创新。

汉语很轻，诗意也轻。轻，意味着消除了紧张感。汉语是抒情的、优雅的、舒缓的。“悠然见南山”，“悠然”如此之轻，只是那无心的一瞥，绝无紧张感，冥然心会，当下自足。

无心最美。无心即自然。自然，人本来的样子。风最美，因为它不知道方向。

去掉情绪、情怀，才能彻底理解什么是“实用主义”“存在即合理”。

人最怕陷入悲情，弱者才容易悲情。岂不闻：求仁得仁，又何须怨？

狗咬吕洞宾，不识好心人。狗只知咬人（狗的立场、本性），不解道德、善恶。如何可以责备狗？要准备一根打狗棒呀。

大成大毁，经不起成毁，算什么真金？对文化也当如是观。

人力不敌天意。机关算尽，反误了卿卿性命。

人力之外，尚有天意，这是中国人的通达。故此，中国人的谦卑是对于天命的敬畏。

鲁迅《两地书·二二》："牺牲为群众祈福，祀了神道之后，群众就分了他的肉，散胙。"散胙乃旧时祭祀后分发的祭肉。古时祭祀，牺牲多为猪、羊。牺牲在祭祀前和祭祀中，为至高至贵的神物。礼毕，众人则分其肉食之，前后之别可谓大矣。清末，徐锡麟举事失败后，被士兵挖心分而食之。此为鲁迅念念不忘的"散胙"。先知或圣徒都难逃散胙的命运，人的冷酷无情可知。

在方法论上，中庸是理想主义（道）与实用主义（术）的平衡。君子有道亦有术。君子以道御术，不以术害道。

凡是智慧，古今、雅俗贯通。文人说"机"，民间说"火候"，文人说"随机应变"，民间说"到什么山上唱什么歌"。谁说文化只在典籍里呢？有殿堂的智慧，也有菜市场的智慧。

儒家的"仁"怎么解？蒋勋有一段故事："我后来在台湾碰到一位清朝的礼亲王毓老师，他对这个字的解读很不一样，他说现实的瓜子仁就是'仁'，我吓了一大跳，因为这是种子发芽的部分，如果我们把'仁'解读成种子发芽的过程，杏仁的仁，瓜子仁的仁，它就是大自然要发生生命的部位，所以孔子喜欢的'仁'到底是另外一个仁，还是还原到大自然植物界种子发芽的生命的部分。”这大概是“仁”的最高境界吧！生生不息，永在天地之初的一种圆融的、新鲜的力量。

很多人对西方经典很熟悉，对传统经典则有隔膜，其中原因是，西方经典都是用“白话文”（现代汉语）翻译过来的，与现代的中国人有天然的相应。阅读传统经典，则需要文言文的功夫，那几乎是另一套语言系统。所谓西化，不仅是思想的接近，更是语言的接近。汉字拼音化的冲动，不正说明了我们和传统的距离吗？传统经典的困境，也是文言的困境，言简义丰，虚实相生，信息量极大，老子五千言，上天入地的道理全部讲完。传统经典依靠的是人的悟性，对此，现代的中国人显然还没有准备足够的耐心。

“混”是中国文化的关键词。深切地了解“混”的含义，可知中国文化大半的义理。孔子言“无可无不可”，老子言“无为无不为”，皆有“混世”的底色。“混”是一种柔顺的态度，不当真，不执着，以一种游戏的态度来完成人生的使命。庄子《人间世》，不妨将“间”字理解为“混”。有了“混”的哲学，中国人才在半真半假之中找到了生活的余裕和人生的缝隙。“混”是暧昧的、模糊的，远离了原则、教条，反而更见活泼、新鲜之态，试看《史记》中的流氓无赖如刘邦者，正是“混”之哲学的代表人物。至于后世所赋予“混”之种种贬义，实际上映射了后人的懦弱、自私和卑怯。最初的“混”，是一个好词。

杜甫为诗而活，李白本身即是诗。有人写诗，但无诗意；有人不写一字，诗意盎然。最高的诗不是写出来的，而是自心中流出。李白之诗，好在有赤子之心，不可学。杜甫诗，有高超的技巧，反而可学。

真正的好东西超越了固定的模式，让人不知说什么才好。二三流的东西，才能用理论和概念去解释。面对《红楼梦》，红学家能做的不过是考证考证它的版本、作者的家世，顶多分析分析人物性格。真正微妙之处，却是不可说，不可说。

《红楼梦》和莎士比亚剧作大概是世界上被研究得最多的文学作品。中国有红学，国外有莎学，两部书成了专门的学问，也是世界文学史上的奇观。这两部书给无数的研究者提供了饭碗，他们孜孜不倦地在书中寻求微言大义。关于莎学，国外有句调侃的话，“莎学家们都开始研究莎士比亚肚脐眼的大小了”。《红楼梦》自然难逃厄运，什么索隐说、自传说……聚讼纷纭，却很少有人静下心来好好读读里面的文字，难道曹雪芹辛苦十年就是为了让大家猜笨谜吗？

《红楼梦》中，大观园是“太虚幻境”的翻版和人间版，是作者苦心经营的虚构世界，它从繁华美好凋零成“一片片白茫茫大地真干净”，再现了美好事物的毁灭，并且面对这种毁灭，人们无能为力，只能“眼看他起高楼，眼看他宴宾客，眼看他楼塌了”，这才是最深沉的悲剧。

礼法岂为我辈而设？宝玉的滥情可以说和礼法格格不入，但是有审美的意味。当然，李纨贞肃的“理学气”，也是一种内心的修为，只是少了些许诗意。

路易十六是开锁好手，宋徽宗是书画大师，南唐后主写词无敌。三位偏偏生在帝王家，玩政治一塌糊涂，弄到亡国了事。男怕入错行，此金玉良言。

陶潜种地，杜甫寄食，卢梭抄五线谱，生存艰辛，这才做得一手好诗文。真是“体露金风”，秋风吹尽落叶，才见得那累累果实。

“宁为玉碎，不为瓦全”。此种姿态，可占据道德高点，却于事无补。理性的人必须精通妥协、变通和协商之道，此亦“中庸”之义。很多事情如果抱着“不是你死就是我亡”的心态，则容易放大矛盾，失去了寻找更好的解决办法的机会。

气息是最细腻的生命感，无法言说，却又无处不在。表情可以伪装，言语可以作假，而气息不能。气息是内在的流露，唯有直觉可以感受。小孩子对气息最敏感，有孩子气或赤子心的人也是如此。人更喜欢自己的亲人、爱人，是因为他们的身上融入了自己的气息。气息常在天地间，不会消失，所以，有时在一瞬间，会和以往的气息相遇，这气息让我们回到了从前。如果时间可以倒流，一定是穿越气息回去的。

文艺复兴发现了人，肯定人的价值；现代主义乃至后现代主义，则重新审视人的困境与虚无，并不承认意义的存在，一切都是幻境、碎片、吉光片羽的飞鸿一瞥。“我”成了不堪一击的废物，光怪陆离的荒谬：西西弗的推石不止，卡夫卡的甲虫变形，都是对人生处境的深刻洞察。其实，对中国文化而言，现代主义或后现代主义并非新东西，一部《庄子》，即写尽了人的残缺与异化——他甚至说，骷髅比人更快乐。庄子最终走向审美之途，选择了不抗拒人生，柔软地拥抱了它。在庄子看来，人生毫无意义，也不打算寻找意义，那就安时处顺，逍遥于世。西方人却认真得多，待发现了人的无意义后，他省察、寻找，除了奔向上帝，却别无出路，充满了无尽的沮丧和绝望，这才出现了艾略特的荒原意象，是的，他们是荒原，我们是田园，这才是最深的文化差异呀！

赵烈文的预言

曾国藩平定洪、杨，成为“同治中兴”的一代名臣。曾氏用兵多年，有一庞大的幕府襄助，赵烈文即为其中佼佼者。烈文少负才名，于佛学、易学、军事、经世之学无一不窥，颇受曾国藩的器重和赏识。其遗著《能静居日记》记载了他与曾国藩关于晚清时局的几次谈话，读来颇有发人深省之处。

同治六年六月二十日（公元一八六七年七月二十一日）晚间，时任两江总督的曾国藩与赵烈文谈天，提及京中来人之言：“都门气象甚恶，明火执仗之案时出，而市肆乞丐成群。甚至妇女亦裸身无裤，民穷财尽，恐有异变，奈何?”赵烈文听后，从容进言：“天下治安一统久矣，势必驯至分剖。然主威素重，风气未开，若非抽心一烂，则土崩瓦解之局不成。以烈度之，异日之祸必先根本颠仆，而后方州无主，人自为政，殆不出五十年矣。”赵烈文精通易学，且对政局变化见解精准，曾国藩向来深加倚重，此时，闻听“亡国论”，不由蹙额良久，又问：“然则当南迁乎?”曾国藩尚幻想清廷国祚能延一线生机，至少如东晋、南宋维持半壁江山。赵烈文答曰：“恐遂陆沉，未必能效晋、宋也。”作为朝廷重臣，曾国藩一时仍难以接受烈文的论断：“本朝君德正，或不至此。”赵烈文立即回答道：“君德正矣，而国势之隆，食报已不为不厚。国初创业太易，诛戮太重，所以有天下者太巧。天道难知，善恶不相掩，后君之德泽，未足恃也。”曾国藩无言以对，沉默良久，哀叹：“吾日夜望死，忧见宗祏之陨。”

作为一代大儒和老牌政治家，曾国藩的忧患意识极为强烈。此后，他又数次和赵烈文讨论大清的国运和前途问题。有时，他非常悲观，对赵烈文说：“京师水泉皆枯，御河断流，朝无君子，人事偾乱，恐非能久之道。”有时，又认为大清仍有可为，国势可振，奕䜣为人“聪颖”，皇帝“君德正，勤于政事”，那拉氏遇事“威断”，为前代所无。赵烈文不同意曾的看法，说奕䜣“聪明信有之，亦小智耳”，“身处姬旦之地，无卓然自立之心，位尊势极，而虑不出庭户”，皇帝勤政也无补于兴亡，女主“威断”则更易受蒙蔽。烈文认为，“中兴气象，第一贵政地有人。奄奄不改，欲以措施一二之偶当默运天心，未必其然也”。亦即大清如欲自存，非要主政者“大变”不可，局部的小修小补已不能挽救王朝的没落命运。

一年后，曾国藩北上任直隶总督，居京月余，觐见了慈禧太后、同治皇帝，并与恭亲王、文祥、宝鋆、倭仁等大臣会面。这次近距离接触权力中枢，曾国藩对朝廷上下的情况有了新的判断。同治八年五月二十八日（公元一八六九年七月七日），在保定直隶总督官邸，曾、赵二人又进行了一次长谈。曾国藩直斥朝廷“吏治风俗颓坏已极”，对执政的衮衮诸公也大为不满，他说：“两宫（慈禧、慈安太后）才地平常，见面无一要语；皇帝冲默，亦无从测之；时局尽在军机恭邸（奕䜣），文（文祥）、宝（宝鋆）数人，权过人主。恭邸极聪明而晃荡不能立足；文伯川（文祥）正派而规模狭隘，亦不知求人自辅；宝佩衡（宝鋆）则不满人口。朝中有特立之操者尚推倭亘峰（倭人），然才薄识短。余更碌碌，甚可忧耳。”这次谈话是曾国藩对赵烈文以前预言的首肯和回应，形势逼人转变，连股肱之臣曾国藩也对大清的前途充满了忧虑和不安。

我们看到，历史惊人准确地应验了赵烈文的预言，大清王朝于一九一一年抽心一烂，土崩瓦解，距一八六七年赵烈文和曾国藩的谈话四十四年，果然未出五十年。更让人悚然的是，接踵而至的正是赵烈文所预言的“方州无主，人自为政”，亦即军阀割据的混乱局面。烈文知人论世，洞幽烛微，像一只知晓暴雨来临的蚂蚁，虽知风雨欲来，但也无能为力，只能坐看大清沉沦、没落以至覆亡。他晚岁退居常熟，营建园林，广置姬妾，流连于醇酒妇人，悠游于林间花下。此时，他的恩主曾国藩墓木已拱，并未在生前看到他为之效力的大清帝国的覆亡。赵烈文于一八九三年去世，再过一年，大清苦心经营的北洋水师就永沉于东海水底，“洋务运动”所取得的经济成果亦将化为赔款的白银，此时亡国的脚步声慢慢近了。——或许，先知是最痛苦的，因为他第一个发现绝望。

相貌与时代

古云“相由心生”，西谚亦说“四十岁之后对自己的长相负责”，可见，相貌固然天生，更关乎后天修养。这后天的修养，不外乎文化、社会带来的影响，所谓“气质”“风度”就是其具象之表现。清末，来华的西方人士，对清军的观感，有一点是相似的：这些士兵更像是朴实的农民。这句话是好话，说明中国人不好斗，细思之下，颇有些嘲讽的意味：士兵像农民，这算是什么话，无非说他们怯懦，没有勇士的血性。这些西人算得上是见微知著，从中国士兵的气质推断出吾国当时的战斗力。清朝时期，对汉人极不信任，想方设法摧毁汉人的民族自信，杀戮、焚书、愚民……专制的牢笼里，何来开放、自由的心灵，不过盛产麻木、僵冷的看客。反映在相貌上，清代的人物照相，压抑、麻木、呆滞，无怪乎后来有人要改造“国民性”了。

个人的相貌，民国之后大有好转。文人风流自顾，胡适、徐志摩之飘逸洒脱，就不是今日大学教授所能比拟的；鲁迅越老越好看，桀骜不驯的胡须配以冷静深沉的眼神，仿佛穿透了历史，令人不敢逼视。民国是乱世，权力尚未无远弗届，尚未深入社会的每一毛细血管，还有些不为权力所驯化的志士，还留有空间供英雄游嬉，草莽出身而建功立业者，比比皆是。梁漱溟早年的照片，锐气横生，大有吾辈不出，如天下苍生何的气概。这就是志气。

最近三十年，吾国发展迅速，生活更为富足，人的精神面貌也更从容自信，尤其年轻人较之以往更为舒展。当今中国人，表情更丰富，笑容更自然，从某一侧面反映了时代氛围的变迁。

叔本华在《论观相术》中斩钉截铁地说：“人的外表是表现内心的图画，相貌表达并提示了人的整个性格特征。人的相貌有如象形文字，当然，这种象形文字是可以破译的……事实上，人的相貌比他的嘴还能告诉我们更多丰富有趣的事情，他的相貌概括了他所要说的一切，记录了他的思想和行为。甚至，语言只能告诉我们一个人的思想，而相貌则传达了自然本身的思想。”以貌取人，有失误的时候，但更多的时候，它接近真实，原因在于，相貌流露出人之内心乃至所处社会的真实信息，这些形而下的东西，岂可忽乎哉？

胡适的文学趣味

杜甫《秋兴八首》其八有句，“香稻啄余鹦鹉粒，碧梧栖老凤凰枝”，此千古佳句，论之者众，这句话并不出奇，不过语序有所颠倒罢了，而令人有“陌生化”之感。

也有不喜欢这种写法的，如胡适，理由是，这两句诗不通，不合语法逻辑，应改为“鹦鹉啄余香稻粒，凤凰栖老碧梧枝”。胡适是实用主义者，重视逻辑，这在科学精神上是应当的，但不宜用于谈论文学。文章之道，自然要讲语法，但也不能完全讲语法，最好的文章，一定要忘记语法，甚或反语法。写文章如行军打仗，完全按照兵法来，那是赵括式的愚莽与天真。要求文学一定符合逻辑，这是庸俗之见，若要全然符合逻辑，直接做论文即可，何须美学之观照呢？

除了不欣赏文艺感十足的《秋兴八首》，胡适同样不喜欢《红楼梦》，理由是无 plot（情节），不如大仲马的《三个火枪手》好看。他写给高阳的信中，说道：“我写了几万字的考证，差不多没有说一句赞颂《红楼梦》的文学价值的话，……我没有说一句从文学观点赞美《红楼梦》的话。……我常说，《红楼梦》在思想见地上比不上《儒林外史》，在文学技术上比不上《海上花》，也比不上《儒林外史》，也可以说，还比不上《老残游记》。”喜欢或厌恶某部书，乃读者的天然权力，胡适不喜欢《红楼梦》，红学家们也无须大惊小怪，个人趣味又焉可强求一致呢？

问题在于，胡适远非普通读者，他是白话文的先驱，新文化运动的引火者，他的文学趣味，影响了一代人。就文字言，胡适喜欢流畅、自然、明白，这是好文学的标准，但不是唯一标准。以此尺度衡量，胡适看重白居易，因他的诗“老妪能解”，同样的，翻翻胡适的

《尝试集》，很多诗也类打油诗。在胡适看来，大众不需要绮丽的李商隐，也不需要晦涩的卞之琳。胡适坦率地承认，他看不懂卞之琳的诗。同样，胡适也看不懂《红楼梦》，一代文宗不能欣赏这枚中国文化淬炼出的美玉，未免有遗珠之憾。不同于重情节的西方小说，《红楼梦》实为最高境界的诗，然而，胡适注意到的却是宝玉衔玉而生不符合逻辑情理，至于美感和诗意，则不在他“实用主义”的视野之内。

胡适最终只是二流的哲学家，二流的诗人，二流的文学鉴赏家。他做不到一流，原因很多，从语言上看，他仅能做到有逻辑、有条理、文通字顺，当然，这在现代中国已经很难得了，不可苛责。若仅仅如此，还是感到遗憾。谈哲学，一定要排斥诗意吗？“云想衣裳花想容”，思想也要寻找诗意的衣裳。没有审美和诗意的哲学家，格局难以大开，也无法行之久远，同样谈哲学，王阳明却绽发出柔丽的诗情：“你未看此花时，此花与汝同归于寂；你既来看此花，则此花颜色一时明白起来，便知此花不在你心外。”纵难领略其中的大义，单从文字，已嗅得三春花事的气息了，真可谓诗与思兼具，这怕是缺少诗意的胡适所望尘莫及的吧！

虚构的魅力

有这样一个夸张至极的嗜血故事，充满了谋杀和自杀：一个人杀死了他的亲弟兄，又抢了他的工作和老婆。他那个患有妄想症的侄子，自以为是私家侦探，便开始在夜间窃听，先后杀了他女朋友的父亲和兄弟，又为父亲报仇杀死了叔叔，最后他也以自杀收场。有心的读者自可猜出，这个血腥的故事正是名剧《哈姆雷特》的梗概。莎翁妙笔生花，化骷髅为美女，变顽石为真金，所恃者何？无他，所依靠的乃是文学家的看家本领——虚构。

其实，虚构并非文学家的专擅之能，历史学家的功力同样深厚，毫不逊色。以上古历史为例，纣王之暴虐，无人不知，所谓酒池肉林、剖心刳孕，皆极言其恶，以“罪大恶极”一词形容堪称允当。但历史学家之言亦未可轻信，顾颉刚先生曾做《纣恶七十事发生的次第》一文细检纣王的七十条恶事，他惊奇地发现：纣王的罪恶在周人的《尚书》中仅有六条，战国书中增加了二十七条，西汉书中增加了二十三条，东汉时增加了一条，东晋时增加了十三条，经此重重演绎，纣王终于一变而为旷古未有的残忍暴君。纣王之所以恶名昭著，端赖历史学家们一代又一代的重重虚构，让笔下人物坏得令后世读者难以置信。至于其中的道理，明眼人早有洞察，子贡即有言：“帝辛之不善，不如是之甚也。是以君子恶居下流，天下之恶皆归焉。”原来，一个人一旦居于“下流”，那么什么恶名都可以加诸头上。对于纣王而言，失去权力就成了“下流”之人，失败者是没有机会书写历史的，只能任凭别人从上游大泼脏水。

中国的史书多则多矣，真假难辨处亦不少。《史记·高祖本纪》写刘邦乃天生龙种，描述得活灵活现：“刘媪尝息大泽之陂，梦与神遇。是时雷电晦冥，太公往视，则见蛟龙于其上。已而有身，遂产高祖。”又写刘邦芒砀山斩杀白蛇，竟附会成一段赤帝之子杀白帝之子的荒诞传奇。可中国人偏偏爱看这样的历史，司马光是严正的儒者，编《资治通鉴》删去了刘邦那些有神话色彩的地方，可是不好看了。《史记》中尚有许多本属密室之语的记载，外人尤其是后世史家哪能得知？话又说回来，若《史记》缺少八卦、臆测和夸张（这也是虚构的质素），其魅力怕要大为失色，能否流传后世都成问题了。正是司马迁的“游戏笔墨”，方成就了《史记》的摇曳多姿。后世聪明的写史者，一改端着架子的正史姿态，才有野史、演义、评话等松散的历史写作。相对于《三国志》的严饬平正，《三国演义》的戏说显然更合读者胃口，很多人甚至当作正史来读；比起《尚书》的干巴巴，《封神演义》的神神怪怪更易印入读者脑海。

对后人而言，历史的真相并不重要，重要的是如何书写和解释。历史需要重构，重构就是虚构。写过日记的人都晓得，如果十几天没写，再追述补记，有些地方是模糊不清的。个人鲜活的经历尚且无法清晰地记载下来，何况千万人参与的宏阔历史，其中波澜、曲折，又怎能像推导数学公式般地符合逻辑原理？写历史就是说故事，就是虚构，关于这一点，历史学家用不着难为情。写至此，忽然想到一句话，写自传写的往往是另外一个人，写别人的传记倒可能写进去自己真实的经验。真是：假作真时真亦假，无为有处还有无。最伟大的作品皆须借助虚构之力，——最大程度的虚构就是最大程度的真实。一部《红楼梦》所呈现的世态人情，又有谁能说它是荒腔走板的历史呢？对于历史，亦不妨打开来，“渔樵闲话是史诗”，在那斜阳古柳之处，负鼓的盲翁对着农闲之余的乡人说古，是是非非已无人考据，那其间的悲欢，人世的哀乐，却依然赚取了多少人的眼泪……

暧昧的阴柔心理

《老子》很大的篇幅在讲“以柔克刚”，何为“柔”，不容易说清楚，以男女譬喻，男人为刚，女人为柔，男女交接，总以男性的疲软告终，古人是经验主义者，看到这一点，推崇女性的智慧“柔”。柔是安静的、被动的、弱小的，却又充满了力量，是终极的胜利者。

吾国文化阴柔气息居多，这是文明早熟的结果，越精致，越漂亮，就越阴柔。小说、戏文里，常见的情节是女扮男装，表面上是女性渴望变成男性，但只消想一想，这些小说、戏文的作者几乎全是男性，他们心底蕴藏的更可能是“女性化”的冲动，自己明明想翘兰花指，性别角色却不允许，那就让女人扮成男人。看看吧，女性穿上男人的衣服，何等的性感和妖娆，不仅有陌生化的美感，更有说不出的“代偿感”，在性别不确定的暧昧里，男人尽情地投射着“女性化”的欲望。越剧《梁祝》里，扮梁山伯的也是女性，换成男人演，就少了几分韵味。

当然，更常见的是，男人扮演女人，一代大师梅兰芳乃其中翘楚。旦角由男人唱，是中国人的一大发明，鲁迅对此曾大加讥笑，但不影响中国人对梅兰芳的热情。倭寇侵华时，梅兰芳蓄须明志，拒绝为日本人演出，国人感其气节刚正。梅兰芳不愿为敌国演戏，还有更深的原因，那就是他演的多是旦角，国难当头，男儿应在沙场战死，如果仍以女郎之姿作态，那么倭寇就会从心底看不起中国人——怪不得这个民族要当亡国奴，他们的男人比女人还柔艳！梅兰芳不仅有中国人的自尊心，更有男人的自尊心。思及此，想想当年鲁迅对他的讥讽，不禁一声慨叹。

宋朝阴柔之气最足，文士当道，海外研究这段历史的汉学家，都想生在这个朝代。但是，这个朝代又是何等的窝囊，打仗乏力，赔款割地，文人们吃花酒、写艳词、捧妓女，到了偏安的南宋，这种风气更盛行，焉得不败？晚明也有这个毛病，正规军打不过流寇，更不能抵挡满洲人的金戈铁马。

故此，“以柔克刚”是有前提的，那就是自身有“刚”或“刚柔相济”。若无“刚”做基础，一味的“柔”，不过是妾妇之道，任人蹂躏；若无“柔”为方法，一味的“刚”，不过是蛮夫之勇，受人蒙骗。有刚有柔，平衡有度，这才契合“中庸”之理。历史上，汉族几次亡国，皆因阴柔之气过剩。柔之过度，即是绵羊，乖乖排起长队，屠刀凛冽的寒光闪过，连哀声都来不及发出。

孔子的志与情

孔子是鲁人，说句高攀的话，他是吾乡先贤，我就长在儒风浓郁的鲁国故地。幼时，这位老先生的遗训随处可闻，饭桌上，稍一聒噪，父母就直斥“食不语”，及长，“学而优则仕”的孔门信条逼得我茫然无措，长辈殷切地希望我走仕途的道路，所谓“不仕无义”（不做官是不合道理的）。至于鲁地烦琐的礼节，自然是我童蒙教育的一部分，哪里容得选择？很长时间，在我眼中，孔子之思想不过是戕害人性的枷锁，钳制自由的刀斧，维护专制的利器。

后来我离开家乡，漫游巴蜀、京华，阅世稍多，重读《论语》，才亲切起来，这种亲切是数千年的文化血液在我体内的涌动，也是早年鲁地生活唤起的温柔记忆，更是浮尘劳顿之后的悠长回味。对于孔子，我从未视之为偶像，因为他的心魂一直都在；对于《论语》，我从不认为有何微言大义，它原本不过是家常闲话。

“士志于道。”这简短的一句，却是一篇绝大的文章，历史大浪淘尽了万古英雄，试问几人可以从容践行呢？士志于道，则要“朝闻道，夕死可矣”，则要从道不从君，则要不慕荣利甘于僻居陋巷一箪食一瓢饮地过日子。孔子多次称赞短命而死的颜回，对之褒扬有加，何也？乃是因为颜回代表了孔门的精神，孔门的志向，孔门的风范。通读《论语》，颜回的嘉言懿语不多，文治武功少见，是个既无钱又无力的薄命书生，为何独得孔子青睐？无他，皆因颜回直心向学，率性为人，能与“道”性命相见，通透见底，浩然充塞，在交相言利的时代，他是一个奇崛的异数。颜回如此，孔子不更是这样吗？有了这志向，他才会拼却衰年残躯周游列国，他才会秉承其道一以贯之，他才会在政治碰壁后仍不堕志气地整理诗书。孔子在政治上是失败的，犹如丧家狗般仓皇狼狈，但他乐于承认自己的失败，并且不失风度自嘲："说我像条丧家狗，对极了！对极了！"尽管大道不行，他却不改其乐，不忘其志："岁寒，然后知松柏之后凋也。"这样豪迈，这样沉郁，这样刚劲，连一向讥嘲孔子的庄子也在书中引孔子之言，曰："君子通于道之谓通，穷于道之谓穷；今丘抱仁义之道以遭乱世之患，其何穷之为？故内省而不穷于道，临难而不失其德。"

士之道在喜反、有反骨，他不仅要能立，也必须要能破，平视权威，独持己见。回顾百年，中国人唯知跟在洋人后面追风，结果洋人的好东西没学到，自家的好东西也丢了。说到底，面对西方的坚船利炮，我们底气不足，自卑过度，失去了文化上的主体性，失去了精神上的归属感，难再海纳百川，而是随波逐流，如此，谈何崛起，谈何盛世！孔门的精神气象提醒我们：在"西风压倒东风"的不平等格局下，更要不卑不亢地看待西方，心平气和地检讨自己，革故鼎新，能破能立，方是正道。如果连这点志气都没有，何以立足于世，何以垂训后人？

"道始于情。"在《论语》里，鲜见思辨体系和逻辑建构，相反，这部书充满了诗意的情感和喜悦的言笑，平易近人，有人情，有人味，绝不类后来儒者的刻板寡味一本正经。《论语》首章，劈头就是："学而时习之，不亦说乎？有朋自远方来，不亦乐乎？"这句话连用了"悦"和"乐"，真可谓未见其人，先闻其声，那种喜悦之感由衷而出。数年前，读李泽厚先生的《论语今读》，他对这句话有精彩的阐释："首章突出的'悦''乐'二字，即与西方'罪感文化'、日本'耻感文化'相比较，以儒学为骨干的中国文化精神是'乐感文化'。"国运有跌宕，人世有起伏，但不可以有苦相，一落苦相，格局就小了，境界就低了，虽然忧患当前，仍要不改其乐，这样才度得劫难，才打得天下。我们这个国族，史上苦痛不断，命悬一线的危机屡屡出现，却能在困厄中生发出春日迟迟的柔丽，靠的就是这无处不在的悦乐之情吧！

孔子门下无论师生皆活泼喜悦。老师可以真真假假地开些玩笑，学生们也可以随时随地质疑他。其中一例是，子游在武城做官，大兴礼乐，孔子到武城，弦歌不绝，就对子游说："割鸡焉用牛刀！"子游解释说："我以前听老师说，君子学礼乐就能爱人，百姓学礼乐就容易治理。"孔子没想到弟子以其矛攻其盾，当下窘了一下，只好讪讪地说："前言戏之耳。"这段小插曲真是好玩，以后的儒学大师可就没这么随和了，整日端着架子，讲究师道尊严，令人望之生畏，更别说开开玩笑了！

孔子有人情味，还在于他的坦率和性情。他可以从容地谈起"少也贱，多能鄙事"，可以半开玩笑地对颜回说"使尔多财，吾为尔宰"，可以和别人一起唱歌，唱得好还要请人再唱一遍，而后和之，可以不顾子路的反对而执意要去见名声不好但娇艳迷人的南子，其后又赌咒发誓向学生解释他和南子绝无逾矩之事……孔子还骂人，有时还骂得很凶，他骂齐国名相管仲"小器"，骂僭越礼节的权贵"始作俑者，其无后乎"，骂睡懒觉的学生"朽木不可雕也，粪土之墙不可圬也"，孔子也曾经骂过老者、长者，用的还是"老而不死"这样刻薄的话。但孔子骂人，不是一竿子将人打倒，他虽骂管仲，却不抹杀其功绩，当学生怀疑管仲人品有问题时，又为之辩护，连称"如其仁，如其仁"，还不遗余力评价了管仲的功业："管仲相桓公，霸诸侯，一匡天下，民到于今受其赐。微管仲，吾其被发左衽矣。岂若匹夫匹妇之为谅也，自经于沟渎而莫之知也。"骂人的孔子当然比后来高踞神坛的孔子可爱，后世的读书人听老夫子骂人，钦佩他的狂狷之余，也倍感亲切如邻家老翁。

孔子又是一个诗人。他叫弟子读《诗》，是要他们从诗中学美感，可以细腻地表达这个世界。后世的理学家唯知以理入诗，连诗也成了说理的工具，对比孔子当年，真是情何以堪！生活中的孔子也是诗意盎然，几个弟子谈治国大志，他不置可否，不称许，也不评断，最后问到了曾点。曾点停下琴来，说自己的志向与二三子有所不同，然后不徐不疾地道出心志："暮春者，春服既成，冠者五六人，童子六七人，浴乎沂，风乎舞雩，咏而归。"这胸次悠然的旷达自放如春风拂面，孔子听后，感慨既深，喟然一叹："吾与点也。"千载之下，有金人瑞者感于这圣人一叹，更名为"金圣叹"，可见士子们对圣人的推崇，积极的入世中又有飘然的超逸。又，诗人敏于时光的流逝，吟咏感兴，发之于怀，遂有子在川上的浩然之思："逝者如斯夫，不舍昼夜"。无限的江山，"光景正在饱满地催促"，还有许多大事没有干呢，但不要紧，这一句诗，已然胜却了万般旖旎，英雄豪杰对之只有虔敬，连野心都化作了那浩荡的逝川，言有尽而意无穷……

悲心与童心
——读王羲烈《寂寞英雄》

人总是回避痛苦的记忆。几个老同学操持高中毕业十五周年的聚会，热情地邀我参加，虽明知有几位可爱的女同学参加，我还是毫不犹豫地拒绝了。事后，我在想，为何如此难以释怀，毕竟那么多年过去了呀。我早已与那段岁月握手言和，但是，除非受虐狂，一个人断难主动舔舐昔日的伤痛。我不止一次地对友人说，如果把高中时代从我的生命中抽走，我不会感到丝毫的惋惜。在那个闭塞的小城，我的青春过早地枯萎了——我所接受的教育不是解放心灵，而是摧残心灵，多少敏感的心就此坚硬、麻木、苟安。

"到处都是传奇，可不见得有这么圆满的收场。胡琴咿咿呀呀拉着，在万盏灯火的夜晚，拉过来又拉过去，说不尽的苍凉的故事——不问也罢！"这是我高中时代的一位大朋友引在作文里的一句话，我惊为神来之笔，何人天才，下笔如此老练而又若无其事，竟荡起了少年心头悠远的怅恨与感慨。这位大朋友名叫石磊，二十五岁，当时在班上复读，据说已是"高六"了。他信誓旦旦地要考上中央美院的"文艺评论"——以我粗浅的阅历，惊讶于世上还有"文艺评论"这样的学问！我的语文老师以他向来的不容置疑，判定张爱玲小姐的那几句话写得与众不同，不过，他却补充："你们要注意，这些话过于颓废，高考作文可不能这么写！"这位李老师平日刚正，律己律人甚严，我日后才知道这是宋儒的作风，他毕业于本省的一所师范学校，在孔子的故地。日后，李老师反复出现于我的梦境，夹着一摞厚厚的讲义，神情依然严肃，这让他在讲解议论文时多了一份凛然与不可辩驳。

十八岁的我，焉能辩驳得了这严密的“论点、论据、论证”的写作法则？只得奉为圭臬、圣物，写了一篇又一篇的八股文——日后我进入高校工作，竟又悲哀地重复它，这一次写的是所谓“科研论文”。那时，我无法想象，有位老师能够告诉我：“要把自己的心灵和情感投射到作品中去！……一切作品都是大千世界各式各样的镜子，你从这无数面镜子中看到的都是自己、自己，永远都是你自己！除了你自己，你什么也看不到。”这是王羲烈写在小说《寂寞英雄》里的话，如果说给十八岁的我来听，会不会瞪大了眼睛，不敢接受？

想是知音稀少，否则时年二十五岁的王羲烈何以要将这部小说命名为有些暮气的《寂寞英雄》，此后又何须等待七八年之久才翩翩面世？当一个中年人展读这部以高中为背景的教育小说时，他究竟在想什么？

我感到了深深的落寞。我没有遇到书中主角刘大悲这样的老师。即使刘大悲站在我面前，慑于高考淫威的我，可有勇气或心智面对这样的老师？我是读着高考范文成长的循规蹈矩的年轻人，如果没有《红与黑》的自我教育、自我安慰，我注定不能摆脱二三流的教科书作家的影响，更无法自由地发现、感悟、沉思……

在人生关键的时候，一本好书和一个好老师同样重要。“经师易得，人师难求。”经师把你当作器皿，灌输；人师则将你当作火炬，点燃。王羲烈在书前的引言特别引述了普罗塔戈的话：“人的大脑不是一个要被填满的容器，而是一个需要被点燃的火把。”他把这一理想投射在刘大悲的身上，打破一般小说的写法，让刘大悲尽情地指点教育，大谈那些在现实中会被视作大逆不道的“谬论”“偏见”。我却为刘大悲着迷，并让十八岁的我站在他的面前，重新做一次学生，去抚慰那些不可更改的忧伤、压抑与迷茫。我也原谅我的老师们，他们生活在一个封闭的窠臼里，不曾体会过真与美、诗与思，不曾掂量过心灵的轻与重，不曾感受过人生的诗意与飞扬……

我的老师们是“单向度的人”，而刘大悲的吸引力正在于他生命的丰富。比如，他不讳言好色，一切无常无告的色，悲哀的色，“沸水冲茶时浮起的雪沫乳花，街道两旁人声鼎沸的大排档，夜半乘公交车时遥遥起伏的市声，木棉花落地的绯红花瓣……”他如释尊讲法，告诉尚在懵懂的学生：“与万物无不牵挂，无不粘恋，亦无无不牵挂无不粘恋；无不牵挂，无不粘恋，亦无无不牵挂无不粘恋，所以能无牵无挂，无所粘恋……”正因为此，他有一颗悲心，也有一颗童心。他以悲心用情，要拯救学生，以童心嬉戏，要完成自我，骨子却是一个自由无羁的浪子。

这个浪子的毛病可真不少呢，他的脾气大、性子急、好大言、爱顶撞上司……但这不掩他的率真，他真诚地反对着学校多如牛毛的“法令”“规矩”，真诚地对学生剖肝沥胆无所不言，真诚地背负着“让女学生怀孕”的黑锅，他超出了世间所能容忍的“法度”，最后他只能离开。

刘大悲之才情可谓宏富，可以从《齐物论》跳跃到《心经》，从兰波联想到李贺、吴文英，从古希腊的城邦政治腾挪到近代的文艺复兴，他是古今知识的化身，才情和哲思是他全部的家当。当有学生批评他“讲得课外知识多”，一向宽容的刘大悲竟怒不可遏、用最粗鄙的语言予以反驳和训斥。刘大悲的失态在于，他借以立身的知识和才情受到了挑战和蔑视，他的自尊系于斯，他的权威系于斯，如何能用世俗的标准评价名士的做派？这是刘大悲悲愤的缘由，也是一个真正的读书人对于“实用主义”的本能厌恶。当然，你可以用老子的“为学日益，为道日损”来反证“知识并非至高无上”的道理，但读者须知，对于处于“铁桶”体制中的学生而言，刘大悲的那些知识犹如点燃枯木的星星野火，犹如照进暗室的缕缕阳光，不仅必要，而且及时。当代中国人的心灵单薄而枯燥，只重灌输而无启发的教育怕是难脱干系。

刘大悲有才亦有情。他的有情，在于他对异性之美的欣赏。虽然作者为了避嫌或情节的需要，刘大悲的性取向被设定为“同志”，但有心的读者一定会发现，这位粗犷而豪放的刘大悲曾对女学生林嘉妮暗暗动过心。师生恋无疑是“政治不正确”，作者安排林嘉妮单方面的爱慕乃师，为这本充满教育格言的小说增添了些许的浪漫色彩。前提是，双方都心照不宣，一切“止于礼”。刘大悲可以对着学生滔滔不绝地谈性，却很少谈“情”。虽无法断言刘大悲是一个“爱情虚无主义者”，但他骨子里对爱情保持着足够的警惕，因为爱情是缠缚、是约束，于他本性相距甚远，他对《上邪》女子狂热的爱感到恐惧，即是明证。他更没有指导他的学生们如何去恋爱。是“诸法空相”还是“汝爱我心，我怜汝色，以是因缘，经百千劫，常在缠缚”情爱轮回的无奈？书末，林嘉妮得知她一直孺慕的老师竟是“恋童癖”“喜欢的是美少年”，空与色一时如草叶上滚落的露珠，闪着盈盈的光，却蒸腾为辽远天际的一翼流云，“她失魂落魄地站在那儿，不知在想什么……这时，屋里传出一个声音：谁？谁在哪儿?”这声音，惊醒了这个少女心底长久的不安和眷恋，也证明了刘大悲的萧然远去是一个巨大的茫然。他的不住色香声味触法，他的不掩喜怒哀乐爱恨，究竟是一，还是二？

色相是一定要衰朽的。故此，小说引言的第一句即是《金刚经》的醍醐灌顶：“若以色见我，以音声求我。是人行邪道，不能见如来。”证之我们所接受的教育，哪一个不是“有为法”，到头来还要倒出脑袋中的糨糊。功利心即是色相。童心是毫无功利心的。教育不是去掉童心，而是保持童心，不是增加教条，而是走向未知。刘大悲所反对的教育，徒增了成年人的世故，只把学生看作被填充的器物，唯独不知人本身才是存在的唯一目的……

直到求学歌乐山下，高中时代的惶恐与厌倦仍不时侵袭着我的梦境。我花了足足十年的时间才摆脱那些张牙舞爪的试卷、训言、告诫，以及深不见底的不可测的命运。那时，我随时会爱上一个女生，因为生活如此无趣。她骑上了单车，春风扬起黄色的裙摆，人群向校门外涌去，我和她隔着十层楼的距离，却觉得如在天涯。与那时的我相比，或许，林嘉妮的绝望和刘大悲的出走，要来得更为痛快些……

二〇一六年三月二十七日

下一站

人生旅程不像地铁站那样有明确的指示牌。下一站是哪一站？这样的问题让人困惑。彻底的宿命论者不会有这样的困惑，命运在前头领路，无须操心；虔诚的宗教徒也无此烦恼：天堂的道路金碧辉煌，直奔那儿就是了。最苦的是不信命也不信上帝的人，他们一生会反复问：下一站是哪一站？

孔子说过“四十不惑”，可见他在四十岁前也是经常困惑的，由此推断，我们这些凡夫俗子大概会终身大惑。下一站的茫然，在于对未知的恐惧和无奈。下一站的风景是歌舞繁华还是晓风残月，统统不知道。只要活着，这个问题会一直在耳边追问。

唯一可以确定的是最后一站：死亡，无人可逃避的一站，人生至此可暂得解脱。在此之前，必须经历心灵的折磨，必须经历肉体的衰败与凋谢。当然，少数天才例外，济慈死在二十六岁，海子死在二十五岁，他们的年华已尽情绽放，有理由简化这一过程。而我们，还要从这一站走到下一站，从下一站走向下一站。

地铁出口，两个流浪歌手弹琴歌唱，行人匆匆，夜色迷茫。人群中，看到他们年轻的脸庞，忽然像看到自己的命运。人世间有一种神秘，或是一种隐喻，由此及彼，剥茧抽丝，他人的命运何尝不是自己的命运？流浪歌手是上帝选定的隐喻和象征，世俗之人可从他们身上看到自己的漂泊不定和无所归依。你若不想原地不动，你就必须承担漂流的命运，人喜欢自我流放，为了心中种种没有实现或根本不会实现的欲望。夸父追日，饮尽河水，最终倒地死去。奔跑不已的夸父是人类追寻欲望而不得的永恒象征。下一站永远有新鲜的风景，人的生命却是那么短促，来不及看遍所有的晨昏冬夏。

有时又想静止不动，在某个幸福或狂欢的瞬间停下，空间和时间为之凝固，人群和世界为之恍惚。照相和日记可以记录和定格人生，而那看照片日记的人却已非昨日之人，时间隔得越远，就越感荒谬丛生、浮生若梦。你站立的地方可能会片瓦不存，你梦过的情人可能会花容失色，你刚上岸可能就发现载你的船已在沉没。

下一站就在那里，不想到达的人也会经过，时间像拧开的水管，哗哗流淌，再也关不上。遇见和忘记，失败和伟大，青春和苍老，在这一站和下一站之间交替出现，刚刚浮起在脸上的笑容下一个时刻就会消失，刚刚写在本子上的秘密下一个时刻就已记不起来。没有人能永远不动原地静立。

一路向北，一路向南，所有的方向都已到达，所有的丛林都已经穿越，当你发现下一站却还在那里，跋涉千里也不能抵达的时候，你已无法再抵达了。空虚之感紧紧攫取你的灵魂，你才发现自己的孤立与脆弱，此时，返回的道路已被遗忘的记忆覆盖，唯有巨大的空旷与孤寂……我从何而来，为何行至此处，又将走向何方，就这样千万次地追问，虽然明知不能得到答案。下一站是哪一站，愚蠢的人把它留给自己去猜，而聪明的人把它留给时间去猜，尽管谜底都一样。

二〇〇六年十月三十日

六月之末

六月之末的重庆尚是雨水连绵，有时难免心烦。毕业在即，却没有应该有的惆怅，整日东游西荡，无所事事。手边的书也不读了，图书馆的书也不能借了，图书证一剪为二，留给我的那部分被顺手扔掉了。读书期间，图书证伴我最久最勤，它被一刀剪开，让人触目惊心。图书证作废之时，我也快要离开学校了。此后几天，每当经过图书馆，总觉得已彻底不属于这里了。刚来读书时，图书馆让人颇不愉快，毕业前夕，一位学者来做馆长，一时很有起色，工作人员由蛮酷变为温和，甚至可见笑脸，可见事在人为。可惜已不能再徘徊其中了。

那时很想再到学校附近的小影院看场电影，最后也没去，辜负了天天张贴的海报。电影好看，终有散场之时，由喧嚣而为寂寞，怕也要稍稍伤神。公寓里一片空荡，处处皆无人声，偶尔响起麻将的哗哗声，到了晚上，我总是听见有个声音叫门，叫出一个名字之后，门旋即打开，然后陷入沉静。开门者住我隔壁，那个名字我也很熟悉。这些微不足道的细节，想起时有一种慵懒和颓废的气息弥漫。

一个中午，宿舍只剩下我和两位室友，我们一起去食堂对面的饭馆吃饭。天气炎热，饭桌上漫不经心地吃着，头顶的风扇来回旋转，大家说些寻常事情，句句与离别无关。吃完饭，两位仁兄前往宿舍卷了行李，大家相拥而别。他们走后，关上门，继续收拾行李，明天我也要离开，杂物扔了一大堆，以前视若珍宝的东西此时弃之如敝屣，四年前的陈迹展现在面前，以垃圾的形式。

“隐隐约约提醒我这一回，再不拥抱就是罪”，六月二十七日，将行之时，我终于原谅了种种阴郁的时刻，拥抱过往与现在。抬头看见墙上的贴画，一年前贴上去的，一头狮子站在悬崖之上，下面是波澜起伏的海水，狮子旁边站着一个安静的少女。我显然想做那头狮子，做到伟大、勇敢、超越，可是琐屑、怯懦、原地不动的生活交给谁呢？一个月后我读到虹影的一篇文章，名为《在东京拜访一事无成者周树人》，写早年留学日本时的鲁迅，那时他只是一个叫周树人的青年，一事无成，处处失败，这个走在东京街头的矮个子的中国青年并没有后来导师和战士的风采。文末作者写道："周树人近四十岁突然爆发，变成自己也没有想到会变成的人：我在临近四十岁时渐渐沉静随遇而安，做一个努力模仿当年周树人的人。我终于敢做一个失败者。"读到此文，我忽然有一种解脱，可以稍微卸下为自己规定的种种角色，正像《红与黑》里的于连为自己规定了"将军""主教"甚至是"风月老手"的角色——他最终一个也没做到。

五月的一个早晨，站在图书馆二楼书库的窗前，看楼下的一树桃花盛开，灼灼耀眼，满树桃花，朵朵偎翠滴露，在阳光初现的美丽初晨为我挽回对时光的一份眷恋。我却没有去赞美，至今不能。再往前，我还可以看见一个高我两届的学长坐在操场石栏上，风吹衣角，他听着音乐，旁若无人。最后一次见他时，他已经准备动身前往南方。他一脸歉意，总觉得自己做得不够好。毕业生有一种总结的心态，四年的账要算一下，自己默默地算，或算给别人听。奇怪的是，大多数人对自己非常不满意。他们以为自己多少有所阅历，其实现在才刚刚上路。两年后，我也偶尔想起他当初的淡定落寞，以及后来的彷徨失意。哪里有什么失意呢？不都还那么年轻吗？

夏天的阳光透过密密的树叶，洒在地上，走过的地方有的未曾变化，长长的林荫道，郁郁的歌乐山，一如往常，有的地方已经烟消云散难寻踪影。歌乐山山坡上的街道、房屋、饭馆、油菜地变成了一个大工地。我曾驻足看山下灯火辉煌的地方也失去了寻找的线索。大中午，我和一位朋友登上山坡，满眼空旷，往日的熙熙攘攘变成了一片机器的轰鸣声。我笑说，我有些恍惚，世界变化太快。他倒不以为然，说新旧没有绝对的界限，此处原来不也是坟场吗？杀戮，鲜血，万籁俱静的荒凉人们忘得太快，留恋繁华只是人虚假的幻觉。我深为赞同。

从山上下来，我从窗户望出去，上山的公路上不断有人走着，从未有过的陌生，原来我已把自己当作了过客。下了几场雨。每次都如瓢泼，伴以雷电交加。办理离校手续，四处聚餐，到处漫走，站在新修好的公路上，看车来车往……也会想想几年间一些暧昧的人和事，凡涉及的人一概不见。六月之末，一个中午，我步出住了四年的公寓，步履轻盈，火车在等，家乡在望，下一站当人头攒动。

二〇〇六年九月三十日

惘然记

想到那条铁路，我总需要镇静一下，在怔怔的往昔的背景里，它始终清晰，铁轨延伸到记忆里，忘记是不可能的；然而却没有火车，更没有尖利的呼啸，黑暗中它静静停在站台，月台上的人群在寒霜中等待。我在睡梦中看见自己站在铁路边，傍晚的萤火虫在草丛出没，如繁星坠落草间，一切还是初夏的景象。

有许多夜晚，在火车的轰鸣声中惊醒，以为自己坐在里面，那是一种悲哀的声响，撕裂着薄薄的美梦，让人如在旅途，仿佛正跨越千山万水。整整四年，我住在铁路旁边，火车每天来回几趟，白天很少，晚上多一些。

站在桥下，站在铁路旁边，向北看，只能看到一段，在草木茂盛处，轨道转了一个弯，因此不知道它有多远。我不曾往前走过，见到的永远只是那一段，这已经足够了。枕木有的已经断裂，铁轨在风侵雨淋中也见斑驳，这样才好，对于看风景的人来说，崭新的东西太扎眼。

四年前，见到这条铁路，在我之前，它寂寞而卧，尽管不断有人沿它绕行，尽管每天火车来往，伴以细雨、虹霓、朝霞，然而这还不够。需要有人站在它旁边唱歌，需要恋人们牵着手调笑，需要心怀狂想的人看着它发呆，也需要内心怆怆的人踏着铁轨奔跑，漫漫归途此时显现，故乡就在眼前。

我最终痛恨火车，对铁路的眷恋却未曾改变过，这并不奇怪，在火车上，你只拥有车厢和被指定的远方，而在铁路上，你拥有的是整个天地，以及你心中乐意去的任何地方。铁路给肉身自由，火车是被限制的自由。一个黄昏，我站在铁路上，火车开过来，我闪避一旁，当这个庞然大物经过，我想跳上去，去什么地方都行。这种可笑的冲动不会实现，因为我安于生活，愿意忍受现在揣摩未来，在风尘中低头走路，或仰天高歌，只是不曾有与今天决裂的勇气，更不用说下定决心了。

想跳上火车的时候，心情很坏，生死也看得很轻，曾跳出围墙，坐公共汽车去公园，那时车上人人戴着口罩，只有我素口朝窗，看着外面稀稀落落的人群。那是非典病毒最肆虐的时候。到了公园，哪里有人，四处乱逛，爬上一座木塔，看见壮阔的河流和抹着青山的夕阳。这大概是诗意的时刻，我却惘然，窘迫的生活和苦闷的精神此刻不合时宜地浮现心头。当我走下楼来，竟比先前还沮丧。

去北京之前，和她走了几回铁路，那时也不知未来会如何，只是不想，虽然也觉得非得分开不可，我却愿在未知结局前，享受携手漫步的静谧和安闲，然而已经可以从她眼里看见泪水，静默地流下来，在相对无言的时刻。我却没有感到伤感，一如往常，只是不再去想以前的种种。一个人走铁轨，感到道路漫长，在黑夜里，夏虫鸣叫的喧嚣里，心中忐忑，已没有白天看见铁轨时的踏实与安稳。几个月后，我们也如铁轨的两端，不复相交了，各自朝向或落寞或悲伤的方向延伸而去。此去已难回首，两个人消失在无可挽回的茫茫大道中，并肩行走的时光隐没在灰尘落满的封面背后，尽管扉页刚刚写了几行字，正文还没有开始。

小心绕过一些事情，或暧昧，或绝望，或身心困乏，或耳目嚷嚷，就像在铁路上看见火车开来赶忙绕开一样，就像看见情人哭泣却偏偏转过头来一样。困顿的岁月是沦落风尘的女郎，虽然困厄，依然要在欢场作笑，依然要华妆艳服，总要活下去，没有笑脸是不行的，即便是为了敷衍生活。我们相知不深，乃因我们不同在寂静之中。我和谁同在呢，大概与无涯的时光和冗长的岁月吧。必然有一段日子，女子脸若桃花，接着凋落，最后碧树枝条空垂，风吹之处，扬枝向天，经过时繁花满枝，再来时已空空无花。我走后的铁路也是这样，仍旧有人像我那样，在一瞬间想爬上火车，去一个自己想去的地方，最后火车过去了，他还站在那儿，呆呆如木。

认识的一个男子，跑去市区火车站看发车区停满列列火车，周围华厦林立，车水马龙，他却想着火车快快开动，载他到那无人的旷野，到初雪覆盖的村庄，到冬日阳光下泛着寒光的结冰的河流。最后到他的家乡。而我的铁路上，跑着的是载满货物的火车，且在晚上行驶，我永生不会在那车上面，只是它把我从梦境中唤醒，在恍恍中起身，站在窗前，静听它飞驰而过；仿若仍旧站在那段铁路上，正午的阳光耀眼，火车从身边擦过去，我微微仰起头，看见车厢里装满煤，一会轰隆声消失，只剩下空空的铁轨。那时我心内也空空。

二〇〇七年一月十八日

《立春》：在外省的文艺青年

十七岁的时候，我认识了一个二十五岁的老高中生。他一心要考中央戏剧学院，文章写得极好。从他那儿，我第一次知道“文艺评论”这个词。当然，他一年又一年地考，最终的结果是毫无悬念的失败。那年三月初，他赴京考试，我送他去火车站。在寂寥的小站，我第一次看到他眼角已有了很深的皱纹。上车前，方便面从他的手提袋里跌落出来，一起掉在地上的还有一本萨特的《存在与虚无》。

这本书上了大学后才读到。在闭塞的小城，我熟悉所有的书店，可惜从没有找到过稍稍像样的书，也不能判断究竟哪些书可读，看的书都是些时兴、肤浅的读物。

所以，我理解外省文艺青年的苦闷。他们的苦闷在于，没有可以交流的人，没有适宜的精神氛围。那么，北京就成了他们心中的圣地，就像十九世纪时的巴黎，那里依然有贫穷，那里依然有白眼，可是那里不像风气保守的小地方，在那里像影片中胡老师必须用假强奸的方法证明自己的正常。

歌剧爱好者王彩玲一次次往返于小城和北京的火车上，梦想随她走了千万里，梦想在令人压抑的故乡发酵，催她必须离开本省，催她去冷漠陌生的北京办一个户口。她的梦想不能实现，导演顾长卫在影片的结尾安慰她：谨以此情此景献给王彩玲。或许她不孤独，因为在无数的小地方有无数的文艺青年，他们的梦想刚刚起飞。

就像业余画家四宝，业余朗诵爱好者周瑜，舞蹈教师胡老师，甚至包括在KTV中偶遇王彩玲的那个服务生，在王彩玲上火车前，恳求带他一道去北京。文艺青年是一个很特别的称呼，没有文艺中年，因为文艺青年做不成就放手了；也没有文艺老年，因为成功了，就成为德艺双馨的艺术家了。

文艺青年只属于青年。因为只有青年才有不切实际的梦想。现在，我们知道电影中为什么会屡屡出现北京天安门，会出现北京的场景。那是梦想的所在，或者干脆就是一个象征。

可是后来，就是最执着的王彩玲也没有留在北京，即使她的歌剧唱得让观众震惊。我们看到，梦想破灭后，她拿着尖刀在街头一刀刀剁着羊肉，来往的行人不会知道这个女屠夫曾是一位热爱歌剧的文艺青年。四宝则直接变成一个坑蒙拐骗的商人，开着被人砸烂车窗的车招摇过市。作为一个前资深业余画家，不可能给家里带来一分钱，艺术家也要吃饭，四宝终于以自己的方式与世界妥协，只是可惜了为考试耗去的四五年的光阴。我们也这样以自己的方式与现实妥协，一颗不甘平庸的心终于湮没在琐屑和卑微的世俗生活里。或者，就像周瑜那样一脸幸福地抱着女儿，津津乐道地谈论着让妻子孕期如何保养的独家秘方。这才是一条稳妥的道路。是啊，有谁可以一直做文艺青年呢？即使文艺青年的偶像海子还活着，现在也一定不会再写诗。

再回头说说我的那位大朋友。去年回乡时，我专程去见他，这位仁兄开了一家木材加工厂，天天在飞扬的木屑中和客户谈生意，偶尔去一次北京为木材制品寻求买主。他说每次去北京，依然激动莫名，仍像当初赴京考试时那样忐忑不安，心怀虔诚。在他的家里，已没有任何文艺的气息，只有账单、木料和响个不停的电话。就像《红与黑》里的富凯，当于连闯巴黎的时候，他独自在故乡经营木材生意。我为他们感到庆幸。

和他谈话时，我仍怀念读萨特的那个文艺青年。就像我看到王彩玲和四宝在去往北京的疾驰列车上，仍会怀念那本跌落在地上的《存在与虚无》，仍会怀念作为前文艺青年的自己，坐在由重庆开往北京的列车上，第一次看到辽阔的华北平原一望无际，麦浪滚滚，那时，我知道，北京近了。

二〇〇九年一月二十四日

朝向内心的旅途
——《红与黑》读悟

一

十六岁时，初读《红与黑》。此后，阅读多遍，未曾倦怠，流光碎影中，更觉其鲜华毕现，其意弥新。这本书自有多种读法，所谓见仁见智，于我而言，它是一本心灵的自传。此书一八三〇年出版，当时销量寥落，无人问津。作者斯丹达尔略带伤感地说，五十年后才有读懂此书之人。一百七十年过去，当真有人心悟此书，解其大义？杜甫有言："千秋万岁名，寂寞身后事。"有些天才注定寂寞的命运，生前汲汲无闻于世，死后却遭谬托知己，此种悲哀自古皆然。《红与黑》作为天才之作，命运也当如此。

《红与黑》是一部探讨灵魂如何从囚禁逃往到自由的小说。在不动声色和行云流水的叙述中，迷惘与觉悟，痛苦与幸福，短暂与永恒，不安与宁静，这些人生主题一一得到揭示和表露。这本书集中描写了一个人——于连·索莱尔，一个十九世纪的法国人——朝向内心的旅途，写他从无所归依到终得归宿的幽微历程。尽管时代迥异，但关于灵魂和命运的话题，并未因时空跨越而有所改变。直至今天，这本书仍在不倦地诘问人生的意义：内心向何处去？从囚禁到自由如何可能？

《红与黑》也是一部哀书。于连入狱而死，年仅二十三岁，在生命的最后时刻"忽然有了信仰"，明悟了幸福和自由的本质。新的道路从晨雾中显现出来，他此时却已无法踏足。这是一条通往自由的道路。自由是最高价值，内心的自由不可与任何外物妥协。对一个人来说，世界上最伟大的事情是如何保持自我。不失去自己就是自由。自由“非如同牡蛎外壳之转向而已，却是灵魂从黑夜转到白天，从下升到上”。竭力从种种囚禁中挣脱出来，或许是人生最大的意义。

二

囚禁分两种：一种是对身体的束缚和限制，一种是对灵魂的禁锢和压抑。后者是最大的囚禁，“最糟的不是人世不自由，而是人们忘记了他们的自由”。囚禁的本质是自由的丧失：遮蔽了自我，迷失于欲望。

囚禁伴随着本性的迷失与消亡。古今大哲提到人的本性时，总强调人的内心与世界应该实现伟大而完美的平衡与和谐，葆有赤子之心的人“内心摆脱了全部的私欲而亲证最高灵魂，感受并已经找到永久的宁静，与万物结合而进入宇宙的生命”。亦如儒家经典所言“天命之谓性，率性之谓道”，“道”中才有自由，“道也者，不可须臾离也；可离非道也”。本性的完成与实现须合乎“道”：“知止而后有定，定而后能静，静而后能安”。

斯宾诺沙相信，善与恶，成功与失败，幸福与痛苦，主动与被动，都取决于它在何种程度上实现自身特有的本性。人离本性越近，幸福自由越多。相反，一个人则无法协调一致地按本性去生活。

然而，本性最易迷失，尘世众生总是徘徊在保持本性和丧失自我的边缘，在纷乱的时代，人心难以安顿下来，这个世界比我们想象得还要突然，比我们预料得还要荒谬。相对于无限的时空，人类的智慧不可能穷尽所有的真理——他们必须承受虚无、妄念、无知以及它们所施加的痛苦。无论如何，本性一旦丧失，囚禁马上到来。《红与黑》中，于连出场时年仅十九岁，正是容易受到潮流蛊惑和怂恿的年龄，他甚至还远未认识到自己的本性为何，因此，囚禁之城的降临也就顺理成章了。

“不会意识到自己出身的人是自由的”，出身作为一种偶然性的力量，对一些人意味着无比的幸运，对另外一些人则意味着残酷的毁灭。于连是一个身世卑微的人，“他的命运毫无希望地渺小，周围的一切平淡而昏暗”。他宁愿死上一千次，也要飞黄腾达，拼尽全力想要摆脱命运安排给他的种种不幸的角色：汝拉山区的穷乡下人、受父兄欺凌的可怜人、有“一颗高贵的心却没有一千法郎的年金”“被后娘般的苍天抛到社会最底层”的人。在他看来，这种摆脱是一种反抗，反抗命运强加在身上的卑贱的枷锁，于连在审判他的法庭上如此陈述：“先生们，我本没有荣幸属于你们那阶级，你们在我身上看到的是一个农民，一个起来反抗他卑微命运的农民。”

的确，于连缺少的是免受蔑视的地位和受人尊敬的荣耀，他梦想着“在有利的条件下，按照法国时兴的风尚，当兵或当教士”。他先是疯狂崇拜三十岁就当上元帅的拿破仑，“发疯般地爱上了军人的职业”，后来又立志当教士，为此愚蠢地背下整部拉丁文的《圣经》，满脑子里都是“发迹”和“飞黄腾达”的幻想。于连只活了二十三岁，快到十九岁时到德·莱纳家当家庭教师，二十一岁进德·拉莫尔府当秘书，二十三岁前后入狱而死，前后四年，“发迹”和“飞黄腾达”的念头始终未变，在这种信念的鼓舞和激荡下，他甚至野心勃勃地“和整个社会作战”，委曲求全而又焦灼不安，一步步走向自己设定的人生路途。

出身的卑微，父兄的责骂，许多屈辱的时刻，造就了于连的矛盾心理，即通过征服来克服深刻的自卑。他“把虚伪和泯除一切同情心作为获得安全的通常的手段”，信奉着“虚伪，要想有用就得隐藏起来”的人生信条，小心翼翼，处处机心，妄图闯入他所钦羡不已的上层社会。

为了寻找一个耀眼的白昼，于连却进入了一个永恒的黑暗。他越是接近野心的实现，越要忍受更强烈的心理冲突和人格分裂，——他实际上成了放在祭坛上的羔羊。

于连几乎不相信任何人。在他看来，其他的人都是一种为我所用的手段，这种残忍地对待世界的态度是人性极大的异化。有些读者把《红与黑》看作于连的恋爱史：他与德·莱纳夫人和玛蒂尔德小姐的恋情贯穿小说的始终，然而对于“丧己于物，失性于俗”的于连来说，这两次爱情无一不是始于他的征服欲。这种功利性的爱情并未带给于连幸福，有的只是“一种野心实现后感到的狂喜”，他已无法用从容纯粹的心灵去爱、被爱。他的恋人发现“在他性格的深处……有某种可怕的东西”，并且“其性格之幽深之不可知会令人害怕”。

对于上流社会，于连感到的只是仇恨和厌恶，他认为“这个上流社会实际只是在餐桌的末端接纳了他”。但是，于连的悲剧在于，他一边痛恨和仇视上流社会（因为它和他的诗意的灵魂相冲突），一边又在幻想“三十岁当上司令官”或者当上年薪十万的大主教，受到巴黎美妇人的青睐，以诱惑和征服贵族女人为责任；他还要挤进上流社会，要按照给他十字勋章的政府的意旨行事，甚至准备干出更多不公正的事情。这实在是心灵与世界最大的分裂，这个时候的于连已顺从了恶意的命运，踏上了一条无法脱身的道路。炽热而虚幻的欲望让于连成为一系列人格的扮演者，这就是他为什么始终狂躁不安患得患失的原因。

三

海德格尔说：“真理的本质乃是自由”，不自由的人是因为“没有居有他们的本质”。自由即是本性的存在状态和外在表现，它体现为对自身和世界的一种超越，“这种超越并非越过去和转向另一东西，而是回归到它本身，并且归入其真理的本质之中”，它必须让人得到一种归宿感，“把人带向大地，使人归属于大地，从而使人进入栖居之中”。

忘掉无法忍受的事情，按照自己的内心生活，才有可能在一次次的劫难里靠近自由，人生的最终归宿仅仅在于在多大程度上获得自由。于连无疑是不自由的，因为他时时刻刻“想到有一种责任要履行，想到若做不到就会成为笑柄或招致一种自卑感，他心中的快乐顿时烟消云散”。于连的不幸就在于心为物役，汲汲营求的欲望使他无法拥有“深沉的宁静”，无法顺乎自然地体验到手的快乐和幸福，他为自己规定了太多可笑的社会角色：“拿破仑的副官”“代理主教”“司令官”“指导教师”，甚至“风月老手”，他戴着一副副假面具，扮演这些想象中的人生角色。为演好这些角色，他不能不虚伪、作假、时刻心存戒备，惶恐不安地面对整个世界。

“人类之所以伟大，正在于他是一座桥梁而非目的；人类之所以可爱，正在于他是一个跨越的过程与完成。”跨越或超越像一只飞鸟，逗引人们不断去完成自己成为自己，“人类是应当超越的”，超越世俗的庸常、人生的琐碎以及心灵厚重的枷锁。“谁若不想枯萎于人群之中，就必须学习利用所有的杯子喝水，谁若想在人群中保持洁净，就必须懂得如何利用脏水擦洗自己。”超越不是简单的从此处到彼处，它必须站立在荒芜痛苦的人生废墟上，品尝孤独与落寞的况味，才能在密不透风的空气中浮起自由的翅膀。

“自由隐含着维护或回归天性的要求。”纷繁复杂的幻象、光怪陆离的诱惑、欲说还休的欲望，如果不能把它们从人生的墙壁上一一剥落，自由的光芒就不会打在上面。“人是他自己的目的，而且他是他唯一的目的”，从灵魂回到灵魂，从内心回到内心，从自我回到自我，人才有希望获得自由。向本性回归，向顺其自然的“天命”回归，我们的身体才能真正轻盈地舞动，才能像一颗自云中降下的沉重的雨点重回大地的怀抱。

《红与黑》的最后十章用一种温暖和忧伤的笔调，描写了于连入狱后返归自我的历程。此时，于连重新成为“汝拉山区的穷乡下人”，但他已走过了一段漫长的旅途。在巴黎，飞黄腾达的幻想完全破灭了，一无所有之时，他对身外之物的迷恋也慢慢消失了。于连是一个有慧根的人，在最后的时刻，在死亡面前，他终于悟道——正如陶渊明所言“实迷途其未远，觉今是而昨非”，也如佛家所言“一刹那间妄念俱灭”。他终于停在迷茫的原处，开始反其道而行，踏上了回归内心的旅途。

德·莱纳夫人受神甫诱骗，写了一封告发于连劣迹的匿名信，这使得于连处心积虑的奋斗与野心化为泡影。于连恼羞成怒，连夜回到贝藏松，开枪打伤正在教堂祷告的德·莱纳夫人。在于连最为卑贱的时候，德·莱纳夫人曾给予他爱情的甜美与抚慰，她对于连的感情是一种母性的温情——纯洁得不掺杂任何瑕疵。然而，由于仇恨和绝望的驱使，于连完全丧失了理性，他要亲手在上帝所在的肃穆的教堂杀死他“最值得尊敬、最值得钦佩的女人”。手枪扳动的瞬间已然决定了于连以后的命运。

“死生亦大矣。”往日汲汲于功利的于连拒绝了玛蒂尔德小姐请求上诉的要求，拒绝了可以生还的一切机会，坦然赴死。于连认为自己罪有应得，更重要的是，他的内省之门已经打开了。死亡犹如暗夜里的一盏明灯，照亮了身心性命的本来面目，遂能别有会心，付之嫣然一笑。

于连在死亡面前灵魂开窍，他的内心敞开了，看到了有限和无限的消息，短暂和永恒的替换。

“……一个猎人在林中放了一枪，猎物掉下来，他冲上去抓住，他的靴子碰到一个两尺高的蚁巢，毁了蚂蚁的住处，蚂蚁和它们的卵散得远远的……蚂蚁中最有智慧的，也永远理解不了猎人的靴子这个黑色的、巨大的、可怕的东西，它难以置信地迅速闯入它们的住处，还伴以一束发红的光”，于连此时的所思所想，已很接近庄子的“小知不及大知，小年不及大年”的感慨：他终于意识到了人生的局限性和有限性，以有限对抗无限是人类最大的无知。无限是浮光流影、踏雪飞鸿，无法把捉，只有使有限归于无限，才能到达澄明之境。

于连由一只蜉蝣的命运想到自己的命运。“盛夏，一只蜉蝣早晨九点钟生，傍晚五点钟死，它如何能理解夜这个问题呢?”他进一步领悟到，“死、生、永恒，都是很简单的事物”。于连站在人生之外看人生，站在死亡之外看死亡，发现死亡已不足惧。

在《红与黑》全书总目录下，斯丹达尔有一句题词“献给少数幸福的人”。这是一本写给少数幸福的人所看的书。于连曾认为自己极度不幸，在临死前的两个月里，他终于成为“少数幸福的人”。

死亡既然不可避免，那么，重要的是在死亡面前做些什么？狱中的于连否定了他要履行的责任，否定了死上一千次也要飞黄腾达的决心，否定了让他不安的野心与狂想，否定了“心灵与顺乎自然相距千里”“一个人身上有两个自己”的虚伪与分裂。于连在狱中意识到，他在韦尔吉的森林里安静地和德·莱纳夫人一起散步是幸福的，并真心希望能再和她“甜甜蜜蜜地共同过上两个月”。他毕竟有过自由的时刻：那时他在韦尔吉，远离男人的目光，远离残暴的父亲和兄长，远离刚愎自用的市长先生，远离维里埃小城充满铜臭的生活，他和德·莱纳夫人及孩子们在一起，第一次感受到了没有暴力与压迫的自由。这些美丽的时刻虽然逝去，却让狱中的于连看清了什么是自由和幸福。这是死亡带来的暗示与馈赠，他抓住了这次机会，远离了颠倒梦想，认清了什么是他真正想要的生活。

作为一种巨大的悲剧，死亡触动和净化了于连的灵魂，拂去了他内心深处的紧张感，让他的精神恢复了平静。于连在世俗意义上失败了，在灵魂的意义上却圆满了。如此种种，足使于连参透了人生的真相，他终于踏上了栖息之所，虽不免一死，却居于人生的本质之中。作者一改嘲讽的语调，这样描写于连死亡的瞬间：“这颗脑袋从来没有像它即将落地的时候那样富有诗意……一切都进行得又简单又得体，在他，这方面则没有任何的矫情。”

四

在两个月的时间里，于连完成了一次人生的超越，正如《红与黑》的译者所言：“《红与黑》，必然有一个超越上述一切的东西存在，它超越了复辟贵族的倒行逆施，超越了反动教会的严密控制，超越了小城维里埃的‘三头政治’，超越了巴黎十二人的秘密会议，超越了于连的爱情，超越了于连的死……”令人不解的是，于连为何在如此短暂的时间里会有如此大的超越？

《红与黑》的前半部分里有这样一段诗意的描述：

> 于连站在那块巨大的悬岩上，凝视着被八月的太阳烤得冒火的天空。蝉在悬崖上面的田野上鸣叫，当叫声停止的时候，周围一片寂静。方圆二十法里的地方展现他的脚下，宛然在目。于连看见一只鹰从头顶那些大块的山岩中飞出，静静地盘旋，不时画出一个个巨大的圆圈。于连的眼睛不由自主地跟着这只猛禽。这只猛禽的动作安详宁静，深厚有力，深深地打动了他，他羡慕这种力量，他羡慕这种孤独。

很少人会注意这段看似闲笔的描写。这只在天空静静盘旋的鹰，实际上是于连心灵的外在形象，他在本质上仍是一个热爱自由不能忍受束缚的人。“夫物芸芸，各复归其根”，于连注定不会在歧途上走得太远，只要这种本性还存在，他心中的自由之感必定会绽出，必须会回归。

在歧途中，于连的恶战胜了善，但他的善并未消失，否则在狱中他绝不会去悔改和醒悟。于连曾有这样一段告白：“我有一颗易于打动的心，最普通的一句话，只要用诚恳的口气说出来，就能让我的声音变得温和，甚至让我流泪。有多少次那些心肠冷酷的人因为这个缺点而看不起我啊！他们以为我正乞求宽恕，这就是我所不能忍受的。”于连虽然经常强调自己的冷酷无情，实际上他是一个温情脉脉的人：一只农民的狗被车轧死，他讲述时会皱起眉头；他对真心帮助他的谢朗神父和彼拉神父也一直心存感激之情。没有这些最为平常的感情，很难想象于连会幡然醒悟。

于连在爱情上的表现历来为人所诟病，他诱惑了德·莱纳夫人和玛蒂尔德小姐，动机也很不光彩。他的两次爱情都是始于引诱，终于征服，但于连毕竟不是逢场作戏的人，越到爱情的最后，他越是不能伪装，甚至完全把自己投入进去，不仅仅再是美貌的吸引和身体的占有了。潜藏在于连身上的“善”潜滋暗长，“世界因舒而卷，一切从恶演变成善，从偶然演变成目的”，于连最终得以有力量完成心灵的净化和飞跃。

小说也多处暗示了于连的死亡意识。他对死亡早有准备，因此，在生命的最后关头，他没有慌乱无措。小说的开始，于连到市长家里当家庭教师之前曾去过教堂，“于连走出教堂，以为看见圣水缸旁有血，那是洒出来的圣水，窗子上的红帐的反光照在上面，看起来像是血”，此处暗示了于连内心潜伏着的死亡意识和死的冲动。另外，于连对于洞穴也情有独钟，他常一个人躲在里面冥思，死前还对他的朋友富凯说：“我相当喜欢在俯视维里埃大山的那小山洞安息……”洞穴是坟墓的象征，于连的死亡意识如此强烈，他才能在面临死亡时可以那样冷静从容。死亡于他，如“在露天行走，给了他一种甜美的感觉，仿佛久在海上颠簸的水手登上陆地散步一样”。这种来去自由的豁达与洒脱无疑是实现由囚禁到自由的关键一环。

于连从囚禁到自由，彻悟了生存与死亡、短暂与永恒、痛苦与幸福的真义。这是一次朝向内心的旅途，心灵和世界不再分裂，于连借此回归到“天真而善意的婴儿状态”（本真的状态）。这是“一个新的开始，一个游戏，一个自转的旋轮，一个原始的动作，一个神圣的肯定”，他终于完成了由囚禁到自由的跨越。死亡如黄昏的落日余晖般，照耀着大地，行程是通往一个崭新的早晨。此时，也只有此时，于连才真正成为一个少数幸福的人，并且有资格如尼采那样向世人发问：“这就是我现在要走的路——你们的路在哪里呢？”

二〇〇六年六月一日

歌乐山：青春与诗思

“秋日里，当那剃须刀的铁片发出悒郁而低沉的响声，并把微微的颤动传入澄静幽凉的秋意中时，我是那么缱绻地思念着远方的友人。”二十世纪三十年代的某个深秋，奥野信太郎[①]遥念着十几年未见面的朋友黄瀛[②]，为后者在日本出版的诗集写下一篇深沉慨叹与至情思念的序文，此时他恍若看见了故友南京寓所蔷薇色的晚霞燃烧在天际，听见了倾泻在盛开的美人蕉上的夏雨声。

二〇〇二年，歌乐山下，瘦小清洁的黄瀛教授坐在四川外语学院小广场的石阶上晒天阳，似瞑又醒，意态舒然，时光交叠在他时而汉语时而日语的语言混乱里：奥野信太郎，我的朋友，感谢你还记得我有些口吃地漫语着松蕊的美丽，那时，我倚坐在从阿佐谷至御茶之水的中央线电车的车窗旁，温煦的阳光将我沐浴，心中正酝酿着这句诗：“既看不见你，也看不见我，伴随着轻微的鼾声，我被拽向那快乐又快乐的另一个世界。”

路过正在反刍昨日记忆的老诗人，我朝歌乐山走去，在弯曲山道的入口处停驻了半晌。八月的暑气未散，炽烈的阳光明亮耀眼，一小截铁路安然卧在草丛间，午后阒无人声，偶有挑着箩筐的妇人踏着枕木，走着走着就消失了。我所住的第八学生宿舍就在铁路边上，夜晚，运煤的火车在睡梦中呼啸而过，隆隆之声不绝，随后陷入沉寂，

---

① 奥野信太郎（1899－1968）：日本汉学家。曾留学北京，并任辅仁大学客座教授。黄瀛就读于日本文化学院时，奥野氏执教于该校，二人因此得识、相知。奥野信太郎和黄瀛的交往，见日本文学专家杨伟先生所译奥野信太郎《黄瀛诗集跋》。

② 黄瀛（1906－2005）：诗人。父为中国人，母为日本人。先后毕业于日本文化学院和日本陆军士官学校。二十世纪二十年代在日出版诗集《景星》《瑞枝》，荣膺“日本诗人”桂冠。抗战前夕，归国参加对日作战。抗战胜利后，任职于国防部、陆军总部，授陆军少将。一九四九年率部在贵州起义。一九七八年后任四川外语学院教授。

月色照进来，醒来站在窗口，隐然可见歌乐山黝黑的轮廓，近处山坡的树木散发着至今难以忘怀的幽冷而又奇异的清香。在某个深夜，就在歌乐山，诗人张枣[①]拍着一株幼树的叶子，说："看，这一刻已经死了，我再拍，已是另一个时间。"

从川外拾级而上，行至歌乐山的半山腰，一片空旷而平坦的缓坡徐徐展开，延展着纵横绵长的街道，酒肆、饭馆、麻将馆以及错落排列的平房，一些考研的学生在这里租房苦读，它有一个奇怪的名字——红炉厂。再往上走，一栋三四十年代的川东民居矗立在稍高的山坡上，从直陡的石阶走入院子，前后两进，青砖黛瓦，廊庑开阔，犹自散发着民国时代的闲适之感。七十年前的一个夜晚，菜籽油中的灯芯快要燃尽了，趁着屋内幽暗、昏沉的微光，囚禁于此的叶挺将军写下了那首我们都可背得的诗句："我只能期待着，那一天，地下的火冲腾，把这活棺材和我一齐烧掉，我应该在烈火和热血中得到永生！"如今，这里辟为纪念馆，孤零零地挺立在川外新校区之内，充满青春气息的女生成群地走过，醉人的芳步、曼妙的倩影，流连于重庆春日常有的细雨霏霏中。雨水冲洗了黛色的峰峦，潮润的翠竹掩映道旁人家，歌乐山的雾气笼罩莽莽丛林，风过处，连绵起伏的松涛发出动人的颤音。沿着这条美丽的斜坡，轻缓地迂回而下，再顺着寂静的林间公路上行，白公馆就在不远的地方了。白公馆其实很美，去往它的山路遍布苍翠的林木，一道清澈的溪水欢快地流出，在陡峭处还形成了一条小小的瀑布，喧哗无尽，如果没有鱼贯进出的游人，倒是绝佳的隐居之处——此处原本是军阀白驹的山中别墅。王羲烈，一位年轻的作家，参观完白公馆之后，却吟道："前朝手段今犹烈，歌乐山下草木深。"我知道，就在这附近的山坡发生过大屠杀，那时日影掠过松树稀疏的针叶，白公馆里人去楼空，歌乐山上一片荒愁，秋草独对夕阳，屠杀后可怕的寂静正与松柏森森的寒气相应。

---

① 张枣（1962—2010）：诗人。湖南师范大学英语系本科毕业后，考入四川外语学院念硕士。一九八六年赴德，留居多年。归国后任教于河南大学、中央民族大学。出版诗集《春秋来信》《张枣的诗》。

那些革命志士的大坟，在我日夜经过的川外的侧门之外，学校和坟墓仅隔着一扇窄小的带着锈迹的铁门。以前的烈士陵园内曾有革命志士的碑刻，词句大多慷慨，直抒革命豪情，写给家人的不免多了几分温顺，柔婉得仍如当年未离家时的子弟。二十岁的我，看着这些碑刻，心里想些什么呢？那时，破碎的梦，如歌乐山飘荡的流云，几段思绪，诸般感受，于山间幻化无形，花了整整十年，才在荒乱不堪的青春岁月里调正了人生的韵脚。

烈士墓旁有两所文科大学，四川外语学院和西南政法大学，歌乐山因之消解了历史的阴郁，多了些蓬勃的生气。一条逼仄的街道从白公馆蜿蜒而下，经过两个学校，曲折衍生出一小段热闹的街道，名为“壮志路”，在这儿，火锅城、饭馆、串串香、超市、电器店、服装店一应俱全。从街角的三味书屋看书出来，我常到路边的一家小面馆，叫上一碗牛肉面，撒上大把香菜，看着街上往来不绝的行人，慢慢吃完。二十年前，年轻的张枣也混迹于这条略显破败脏乱的街道，去的也是一家小面馆，为了看一眼那个卖面女郎，她对自己的美一无所知，穿着邋遢的围裙，纤指沾满了油污，寒冷的冬季，她那略带伤感的惊人美貌沉浸在面条的热气里，“无奈的、守本分的、屈从于命运的美”呀！

从壮志路往上走，不多远可到重庆康明斯发动机厂（简称“重发厂”，奇怪的简称），它的家属区是一片九十年代建成的板正楼房，青苔和爬山虎阴阴染绿了皱褶皴裂的墙面，沉郁的小巷永远遮蔽在黄桷树浓绿的暗影里。闲散的街角，随意地摆着一个水果摊，我偶到此处，买几个苹果、一串香蕉，从巷口走出来，却碰上倾慕已久的女同学，她家就在厂里面，平日住川外，周末才回家。我们不知怎么打招呼，只相视笑笑……丽日当空，蝉声噪耳，夏天是新的，她的黄裙子也是新的，我们彼此牢记，却相知不深，永在矜持的流盼和刻意的平静之中，失去了所有相逢的机会。一个朗润的傍晚，我们并立在川外印刷厂二楼宽大的平台上，落日的余晖照着她秀美的脸庞，闪耀着巨大的宁静，一丝一毫不落言筌，想要接近却更加远离，就像初见之时，她娴静地看着水池莲叶下游曳自如的几尾红鲤，全然不顾周围川流不息的人群。轻阴的薄雨，虚度着整个下午的光阴，妄念纷乱如云，伴随着高跟鞋踏地的声音，从歌乐山步道走下来的美丽少女，逐一摄入了横溢欲流的幻境，只有她妍美的容颜不染尘埃，如如不动，“青春常驻你心间，经你摘引，我献给你的诗篇，转旧为新”，而我，至今唯余空寂之心，飞鸟不还，风雨不来。

歌乐山以女性的温柔拂去我粗浊的入世之想，想想前路，无所忧惧，正如它的雾霭云岚，不过是浮世的风景一种。十一月天气转凉之际，壮志路上总有寥落清旷的气息，秋寒熏陶下的斜阳，映照恍恍的尘世，换上了厚厚的干净的白毛衫，犹有去秋的味道，将近黄昏时，来回踱着，青春的意味大概就是漫无目的吧，混迹于街角的书店、路边的网吧，以及廉价的电影院，与三五友人买醉于肮脏不堪的小酒馆，从未考虑过远大的理想，我在壮志路上无声地消磨掉了应有的雄心和“壮志”。一次闲步西政校园，在只有几架书的租书店里，我随手翻开一本书，上面用尖细的铅笔写着两行刚硬的小字：“此生无缘做北大的学生，但我发誓要做北大的老师。”豪情至此，当不负青春。不知道这位法科生的梦想实现了没有，当时我却受到很大的震动，觉得应该做些什么，实际上却完全没有具体的计划。远大的理想压迫着我，短暂的不安后，又一转念，随即释然了：成为鲁迅之前的周树人，不也徘徊在东京街头、整天躲在屋子里抄古碑，一事无成地消磨光阴直到将近四十岁吗？想想伟大如鲁迅者尚有那么一段漫长的彷徨无措，我辈凡人何不稍稍宽恕一下自己，心安理得地过一段无所事事的日子？

歌乐山长年笼于迷蒙的薄雾中，这隐隐为它增添了一抹峻秀的仙气，在这里，沉冥和狂歌、隐逸与放浪并行不悖，无论做什么都是适宜的。毕业于西政的王语邻，在枯燥的公务员生涯间隙写有一文，记青春诸友在歌乐山麓放浪形骸的快意：“在周末，一班友人必定携带诗仙太白沿铁西而上，黄昏，山林风起，一班人醉酒狂歌……”这段话移来形容我在歌乐山下的生活也未尝不可，川外对面、红岩魂陈列馆之侧有高岗焉，嫩阴绿树，每日下午设有火锅摊，四五人围坐一桌，红色老油沸腾翻滚，麻辣鲜香漂浮其上，我们饮酒、闲谈，往往一吃就是四五个小时，仿佛“每个人嘴里都有一台织布机”，织出一匹匹言语的锦缎为已逝的岁月做了压箱的衣服。“烂醉是生涯”，不善饮的我反倒获得了一种颓废后的清明，慢慢超脱于心性之外的东西，肯花功夫饮酒的人，中流击水浪遏飞舟的竞进之心总该大为消减了吧。早衰的退守者呀，你固执地朝向青山和内心，怡然走在轻雨潇潇的自得之境里，“回来吧，一切都得到了原谅”，晨光为你展现了崭新的旅途，在甜美的空白里，你要试着以另一种形式重新肯定自己。

烈士陵园一年到头有各类团体祭拜，十一月二十七日前后（大屠杀纪念日），哀乐不绝于耳，大中小学生排着整齐的队伍肃穆静立，向长眠不语的烈士致以震天动地的宣誓和礼敬，革命话语以庄严的仪式内化为祭拜者沸腾于心的历史记忆。未入大学前，我也是那人群中站立的一员，数度作为学生代表在烈士墓碑前痛陈远大理想和历史使命。在鲁地闭塞的环境里，我自费订阅了《半月谈》《参考消息》等时政材料充实我那贫乏无知的大脑，远在上海的同龄人韩寒正在课堂上偷偷读着我大学初读时仍觉艰涩的《小逻辑》。高中历史课本是我深信不疑的圣经，对书中贯穿始终的“历史的必然性”深以为然，二〇〇二年的大屠杀纪念日①，我挤在祭拜的队列里，才恍悟，“历史的必然性”这一抽象的结论要用坟中二百条鲜活的生命去印证，去阐释，去实现，领袖诗曰：“为有牺牲多壮志，敢教日月换新天”，信然，信然！大雨之时，抄近路横穿烈士陵园回川外，看见烈士碑廊下有恋人在避雨，他们忘情地亲吻，幽暗的树林里密雨斜侵，远处歌乐山上的流云缓慢地移动着，一时革命与爱情交织成难言的迷离，我忽然醒悟，此二者皆为坚不可摧的信念，都有着诗一般的激情，不同的是，革命牺牲肉体，而爱情抚慰肉体。革命远去了，爱情久久不来，我的心内空空，或许此时美与自由才在体内抽芽含苞，奏响了灵魂的

① 一九四九年十一月二十七日下午，国民党特务对关押在白公馆、渣滓洞的革命者进行大屠杀，酿造了“一一·二七大屠杀惨案”。

旋律，召唤着我，“优雅的歌声把我们引到这儿来”。

春雨初霁，心事悠然，坐在川外八楼教室靠窗台的座位，远处田野上的菜地、屋舍、升起的炊烟诉说着人世的静意，疾驰的鸽群飞向歌乐山更幽深的密林，启发我灵性的《红与黑》中的片段浮现在眼前，于连站在维里埃山上的巨大悬岩上，看见一只鹰静静地盘旋在被八月的太阳烤得冒火的天空，“这只猛禽的动作安详宁静，深厚有力，深深地打动了他，他羡慕这种力量，他羡慕这种孤独”。让野心折磨得焦虑难安的于连，此刻尚无法领略这种孤独、自由和诗意的命运之美，他徒然羡慕却无缘感受，我则庆幸歌乐山及时给了我心灵的栖身之所，得以从容遣玩缓慢流动的时光，且让我“在时间的长河里，一直不下沉，脚也不沾湿”。

一直残存于心中的宏大而庄严的幻景（抑或幻象），随着歌乐山的浮云飘逝了，江南的柔润如一枚枚新叶，伸展在桃花如水的艳情里，它可以是梦窗词的悠邈飘忽：“午梦千山，窗阴一箭……隔江人在雨声中”，也可以是张爱玲小姐写给负心人的绝望之书：“那天船将开时，你回岸上去了，我一人雨中撑伞在船舷边，对着滔滔的黄浪，伫立涕泣久之”……歌乐山上的夜雨，你独自听过，对那个不会再回你身边的人感怀不已，残梦犹温的清晨，幽凉的台阶一夜生起了青苔，隔墙的杏花任风吹起，此花究竟与谁相对？微寒的流水黯然相送，张爱玲小姐上船前的感伤有难以再见的意味吗？诗人轻诉：“远处的情侣在分别；是序幕？还是结局？”无须再猜，人人必须学会说再见，告别是一门学问，里尔克要我们“告别一切不确定的事物，一种不曾出现过的幸福，告别一种突然等待的痛苦，告别那些不论在什么地方或许曾经见过未见过面的人们，告别明天或者后天的一切可能性”。

二〇〇五年，重庆最闷热的七月，我一身热汗，走过黄瀛教授的讣告，治丧的工作人员正埋头搓着麻将，白幡在迟滞的空气中纹丝不动。讣告上，一行行的简体毛笔字罗列了他的一生，其间二十年“在沙坪坝街道工作”，未知是扫地还是做工，无论何者，对诗人来说都是极合适的，要不然还能做什么呢，人生的好处恰在于没有意义，通向任何可能，年轻人须知，写诗不是唯一能做的事情，广阔天地，大有可为，“可上九天揽月，可下五洋捉鳖”。

再过五年，张枣亦如一只燕子，入春后没有归来，只在诗中留下温柔的呢喃。那时，我住在嘈杂的沙正街上，从十五层的楼顶，遥见歌乐山的秀姿，阴雨天，山上白雾迷蒙，衬以黝黯的树林，恰似水墨点染的幻境，清美而寂寞。何必问归期，这已是来世，隔着迢递的山水，诗人们雕刻着时光的翼影，灯芯的火焰描绘出温暖的光圈，犹如山间的一朵闲云，“眼前既没有你，也没有我，也没有死神，没有一样可以应答的东西”。于是，任凭骤雨鼎沸，你仍可安静地看着门外的一丛翠竹，在风雨中现出美丽的弧度，刹那间，歌乐山悠然在目，无限开阔，似有一段迷人的传奇，一种未知的命运，一重层层叠映的梦境……

二〇一二年十月写毕

二〇一三年三月一日定稿

后 记

收入此书的文稿，少数为近作，其他多为七八年前所写，最早者写于二〇〇五年。旧日之文，如今再读，文字不免稚嫩，姿态亦嫌造作，但有别样的气息，弃之不舍，遂汇集成编，以为纪念。

尝自命文人，颇多感怀，所发不外闲情，又喜议论，尽是渔樵野话，随兴漫谈，故有《闲情与遐思》之名。吾友王羲烈有言："打天下亦是闲情。"此语深得我心。与此书有缘的读者，闲来翻翻，能读出荒江无聊之味，于愿已足。至于写人论史之篇，或有"今是而昨非"之感，但谁的运思一直不变呢？

是为记。

王语行

二〇一六年六月二日